四隅の魔
死相学探偵2

三津田信三

角川ホラー文庫
15639

一　百怪倶楽部

入埜《いりの》転子《てんこ》が〈百怪倶楽部《クラブ》〉に入部したのは、この珍しい名前のせいだった。少なくとも一部はそう言える。もっとも、そのためにあのような恐ろしい目に遭おうとは、まったく思いもしなかったわけだが……。

「へぇ、つちころびの子か」

転子が城北大学の学生寮〈月光荘〉二階の二〇五号室で、引っ越し荷物の整理をしていたときだった。開けておいた扉の向こう、廊下から奇妙な男の声がした。

えっ？　ここ女子寮なのに……。

開いた段ボール箱から顔をあげ、恐る恐る廊下の様子をうかがうと、

「こんにちは、お邪魔しますよ」

すらっとした長身で、なかなか美形の男が、いきなり扉の陰から姿を現した。

「な、な、何ですか」

「失礼、寮長の戸村茂《とむらしげる》です」

「あっ、寮長さんでしたか」

ひとまず安心したが、慌てて頭を下げつつ、

「今度、文学部国文学科の二年生に編入しました、入埜転子と申します」

とりあえず自己紹介をした。

ところが、まったく彼女の挨拶《あいさつ》が耳に入っていないのか、茂は訳の分からない会話を続けた。

「入林さんだよね。下の名前って、つちころびこ——って読むの？」

「はっ？」

「いや、仮に土転子《どてんし》とかいう凄《すご》い読みでも、これは誰が見ても、つちころびの子という意味があるとしか思えない」

「あのう……、いったい何をおっしゃっているのか……」

手招きされて廊下に出ると、彼が二〇五号室の名札を指差した。

よく見ると、かなりの悪筆のせいで〈入埜転子〉が〈入林土転子〉としか読めない。名字の〈入埜〉が〈入林〉になっている。そうなると名前が〈土転子〉になってしまうのだが、いったい何と読むのか。

ようやく誤解だと分かり、転子はあらためて正しい名前を名乗った。

にもかかわらず、茂は〈土転子〉にこだわった。転子のニックネームを、つちころびに

しようと提案したのだ。

「そんなぁ……。嫌です」

ここで遅まきながら、彼女は不審に思った。

寮長といっても戸村茂は男子寮のほうで、こちらには女性の寮長がいるのではないか。なぜ彼はわざわざ女子寮の、それも編入生の部屋を訪ねて来たのか。しかも初対面の相手に対して、変てこなニックネームをつけようとしている。

この人、ちょっと変かも……？

さすがに彼女が退《ひ》きかけていると、またしても頓珍漢《とんちんかん》なことを茂が言い出した。

「つちころびという妖怪《ようかい》は、決して悪いやつじゃないから」

「えっ……」

「むしろ愛すべき存在かもしれない」

「い、いえ、そういう問題では――」

「そうだろ、健太郎《けんたろう》？」

茂が廊下に声をかけると同時に、彼とは対照的に小太りの男子学生が姿を現し、いきなり喋《しゃべ》りはじめた。

「旅人が山道を下っていると、後ろから尾《つ》けて来るものがある。恐ろしくなって駆け足になると、藁《わら》を打つ槌《つち》のような――と説明しても分からないかな――そもそも、あんな形状のものが転げ落ちて来るというのが、僕にはちょっと想像できないんだけどね」

「あのう……」

「あっ、ごめん。それで旅人を追い越して、山道の下で待っているんだよ。かといって、その側を通るときに悪さをするわけではない。むしろ避《よ》けて通ったりすると、山中で迷うことになる。それが、つちころび」

「はぁ……」

「だから〈土転び〉と書くだけでなく、〈槌転び〉でもあるわけだ」

嬉々《きき》として漢字の説明をする人物は、建築学部建築学科の三年生の田崎《たざき》健太郎だと、茂から紹介された。ちなみに彼も同じ学部らしい。

「それにしても、転子という名前も珍しいな」

茂が感心している。つちころびの子よりはまともだろうと思うが、もちろん口には出さない。

転子という命名は、父方の祖父によるものだった。彼女が生まれる直前、祖父が骨董《こっとう》屋からインドの神様である〈転輪王〉の像を手に入れた。この神様は天から金、銀、銅、鉄の輪宝を授かり、それによって天下を治める。そこで神様の一字をもらって、転子としたらしい。

私に天下を治めろと？

祖父の話を聞くたびに、転子は首をかしげた。母が言うには、「あのときお祖父《じい》ちゃん、もうボケてたんやないかしら」ということなのだが、だったら祖父に孫の命名をまかせるなよ……と子ども心に思ったものだ。

結局、つちころびというニックネームをつけない交換条件として、転子は妙な倶楽部《クラブ》に勧誘された。

「百怪倶楽部？　何ですか、それ？」

「俺が部長で、こいつが副部長を務める、我が城北大学の建築学部が誇る由緒ある倶楽部だよ」

ところが、いくら茂の説明を聞いても理解できない。ただ本学において建築学部は、唯一エリート学部と言われている。実際この学部には他大学からの編入生をはじめ、いったん他の大学の建築学部を卒業してから入学してくる者も多い。本校で建築を学びたいという学生が、あとを絶たないのだ。

そういう意味では転子のように、文学部国文学科へ編入する者など極めて珍しく、かなり特異な目で見られる心配が実はあった。

「女性の部員はいるんですか」

「その点は大丈夫だ。優しいお姉様部員もいれば、君と同学年の可愛い子もいるしね。それに二人とも寮生なので、すぐ仲良くなれる」

この茂の言葉に、転子の気持ちはゆらいだ。

自分で選んで決めた道とはいえ、わざわざ文学部に編入してきた変わり者——そう思われるのではないかという不安を、ずっと抱えていた。妙なニックネームをつけられ、あまり最初から目立ちたくない。

建築学部の学生で、おまけに寮長である人物が、部長をしている倶楽部である。めったなことはないだろう。それに同じ寮生の女性の部員もいる。そう考えた転子は、一抹の不安を覚えながらも承諾した。本人は気づいていなかったが、このとき彼女は、戸村茂と田崎健太郎の毒気にすっかり当てられていたのである。

二人が帰るとすぐ、隣の二〇四号室の学生が訪ねて来た。

「うちと同じ手に引っかかったようやね」

今川姫《いまがわひめ》と名乗った彼女は、文学部英文学科の二年生で、茂が言っていた同学年の可愛い寮生が自分だと自己紹介した。どうやら隣室で、茂たちとの会話を聞いていたらしい。

「せやけどうちの場合は、ほとんど名前そのままやったけどな」

「どういうこと？」

「普通は名字の〈今川〉と、名前の〈姫〉を離して書くやん。それが名札では〈今〉と〈川姫〉に分かれてたんで、戸村さんが騒ぎ出したわけ」

「えっ、意味が分からないけど……」

「田崎さんによると、川辺に現れる〈川姫〉っていう妖怪がいるんやって。若い男が近づくと精気を吸いとってしまう、美女の化物らしいわ」

「えーっ、美女の妖怪なんだ。私はつちころびだよ……」

転子が不満そうに言うと、姫は大笑いしながら、

「あのね、どっちも化物なんやから」

今川姫とは、あっという間に親しくなった。学部は違ったが同じ年齢であり、そのうえ彼女が京都の老舗《しにせ》旅館のひとり娘だと知り、とても親近感を覚えたからだ。

入埜家は何代にもわたって続く京都の和菓子屋である。ひとり娘の彼女は幼いころから、将来は婿をとって家を継ぐようにと言い聞かされて育った。そんなすりこみのせいか進学に関しても、地元の私立の女子校から歩いて行ける距離にある短大の家政学部食物栄養学科へと、両親の希望通りに入学した。

ただし転子は、ここで生涯を通じて親友となるべき人物と出会う。「関西のホテル王」と呼ばれる天満路《てんまじ》家の千尋《ちひろ》である。お互いの境遇が似ていたため、たちまち二人は意気投合するのだが、半年も経たないうちに意外な変化が彼女たちに現れはじめた。

それは、親の決めた人生に疑問を覚えるということ。

まわりから見れば、大学生にもなって何を今ごろ……という話なのだが、二人にとっては遅まきながら自我に目覚めたわけだ。本当に自分が学びたいことは何か。彼女たちは毎

日それを話し合った。

その結果、転子は東京の城北大学の、千尋は地元の鴨川《かもがわ》女子大学の、それぞれ文学部を受け直す決意をする。もっとも同じ文学部でも転子は国文学科を、千尋は哲学科を志望した。

この彼女たちの決心に、当然のことながら両家は大騒ぎとなる。もちろん反対され、転学など許してもらえない。もし転子ひとりであれば、あっけなく両親に諭《さと》され、そのまま大人しく短大を卒業していたかもしれない。

しかし、彼女には天満路千尋がいた。この味方の存在は大きかった。千尋にも同じことが言える。二人は、それまでの人生で見せたことのない粘りを、お互いの両親に対して示し続けた。

だが、あくまでも親たちは、ひとり娘の意見を認めない。勝手に大学を移った場合は、学費も生活費もいっさいを打ち切ると、逆に脅してきたほどである。二人とも何不自由なく育っているため、そんな仕打ちにはたえられないと考えたわけだ。

ところが、これが完全な誤算だった。転子も千尋も少なからぬ預貯金を持っていた。欲しいものは何でも買ってもらえたので、お小遣いやお年玉などが自然と貯まっている。また二人が志望する大学には学生寮もある。いずれはアルバイトが必要にしても、当面は学業も生活も大丈夫だという計算が、ちゃんと彼女たちにはあったのだ。

かくして最終的に、両家の親は折れるはめになる。大学時代は好きにしても良いので卒業後は実家に戻り、いずれは婿を取って家業を継ぐことを条件に、ついに二人の希望を聞き入れた。

転子も千尋も大学を卒業したあと、大人しく実家に戻るつもりは端《はな》からなかった。親の条件を受け入れるふりをしたのは、方便に過ぎない。それくらいの強《したた》かさを彼女たちは、今回の騒動から身につけていた。

色々と調べたうえで、二人とも新しい大学へは編入することに決めた。一年生の講義は一般教養が主なため、短大の単位もある程度は活《い》かせる。あとは、それぞれの大学で必須《ひっす》の講義さえ受ければ、二年生からはじめるのに何の問題もない。

幸い転子も千尋も編入試験に合格し、四月から大学の学生寮に入ることになった。

それでも上京するとき、さすがに転子はためらいを覚えた。今まで親元を離れて暮らしたことがない。しかも、ひとりとして知り合いのいない東京で生活するのだ。

「点子ちゃんやったら、大丈夫やよ。はじめの一歩は、誰でもおっかないもんやと思わへん？」

「うん、そうだけど……」

「なんぞあったら、うちに連絡してくれたらええやん」

背中を押したのは、千尋の言葉だった。東京と京都に離れていても、自分には天満路千尋という親友がいる。この想いが彼女が強くさせた。

ちなみに〈点子ちゃん〉というのは、転子の小学校以来のニックネームである。

当時、お金持ちだが家族の絆《きずな》が弱い一家の娘である点子と、貧乏だが親子愛にあふれた一家の息子であるアントン、この二人の子どもを通して家族とは何かを描いた「点子ちゃんとアントン」という映画が上映され、その鑑賞会が授業の一環として行なわれた。

映画が終わったあと、気がつくと彼女は点子ちゃんになっていた。名前の読みが同じため違和感はなかったが、友だちからの年賀状などには、しばしば〈入埜転子〉ではなく〈入埜点子〉と記されたりした。

この映画の原作を書いたのは、ドイツの詩人で作家のエーリッヒ・ケストナーである。やがて転子は、彼の『エーミールと探偵たち』『飛ぶ教室』『ふたりのロッテ』などを読むことになる。

もっとも千尋が子ども時代に読んだケストナーの作品は、『消え失《う》せた密画』『雪の中の三人男』『一杯の珈琲《コーヒー》から』らしいのだが――。

そんな長年にわたって親しんできたニックネームが、よりによって〈つちころび〉という妖怪《ようかい》の名前に変わりそうになり、そのせいで百怪倶楽部に入部し、一度に先輩や友だちに恵まれ……と、にわかに転子の周囲は活気づくことになる。

二人で一通り京都の話をしたあと、姫がとんでもない事実を教えてくれた。

「言うとくけど百怪倶楽部って、大学には正式に認められてへんからね」

「嘘……」

「あくまでも部長の戸村さんと、副部長の田崎さんの趣味的な活動なんよ」

道理で茂の説明が、要領を得ないというか内容のないものだったわけだ。

姫によると百怪倶楽部は、部長と副部長を含め全部員が十三人になる状態を理想としていた。西洋で不吉とされる数字にちなんでいるらしい。よって退部する者が出ると、茂が慌てて新入部員を勧誘する。ただ、そもそも十三人に達することが難しいようで、転子が入部したときも全員で九人しかいなかった。しかも、いつも参加するのは、そのうちの半分ほどだという。

戸村茂（二十一歳）、建築学部建築学科の三年生、百怪倶楽部の部長。

田崎健太郎（二十歳）、建築学部建築学科の三年生、百怪倶楽部の副部長。

沢中加夏《さわなかかな》（二十歳）、文学部国文学科の三年生。

今川姫（十九歳）、文学部英文学科の二年生。

この四人に転子を加えた五人が、言わば主要メンバーになる。

百怪倶楽部は茂が一年生のときに、健太郎を巻きこんで作ったらしい。そのとき最初に入部したのが、彼らと同期生になる沢中加夏である。姫の見立てによると、加夏は茂に気があるのだという。

「せやから、うちが戸村部長に勧誘されて入部したとき、加夏先輩にはあんまり歓迎されへんかったわ」

姫の話を聞いて、転子は不安になった。沢中加夏は文学部国文学科の先輩でもある。その心配を口にすると、姫はなんでもないとばかりに、

「最初は加夏先輩に、ちょっと意地悪されるかもしれへんけど、そんときだけやと思う。何と言うても部長は、女の子にちょっかいを出すのが好きやから」

「えっ……」

「あっ、でも倶楽部は真面目にやらはるから、そういう心配はいらんよ」

その真面目な倶楽部の活動内容はというと、ほとんどが怪談会の主催だった。基本的には二週間に一度、倶楽部員が集まって怪談を語り合う。とはいえ個人が知っている話は数に限りがあるので、部員は日々「取材」が義務づけられている。家族や親戚《しんせき》や近所の人、先輩や後輩や友人、アルバイト先の人など、とにかく話ができそうな人間から、怖い体験談がないかを聞き出す。もしくは怖い話を知っていたら教えてもらう。あとはテレビや雑誌や書籍などで、その手の怪談を収集しなければならない。

大学に認められた組織ではないため、もちろん部室などはない。月光荘のホールに用意された談話室のひとつが、いつも臨時の集会所となる。そんなことが可能だったのは、この学生寮の管理がそもそも緩やかだったからだ。いくら寮長とはいえ、男子学生の戸村茂

が普通に女子寮に出入りしていることからも、そのいい加減さが分かる。

城北大学は郊外にあり、すぐ横に〈日光荘〉という立派な寮があった。ただ、そちらが手狭になったため、世田谷《せたがや》区の成井《なるい》で売りに出されていた元オーディオ会社の社員寮を買い取り、第二の学生寮〈月光荘〉とした。

「でも、通学に時間がかかるから、こっちは人気がないんよ。それに――」

姫が言いよどんだので、転子が先をうながすと、

「去年の三月までは、島原《しまばら》さんていう夫婦がいてはって、旦那《だんな》さんは男子の寮監を、奥さんは女子の寮母をしてはってんけど、もうお年やいうんで引退しはってな。そのあとに来たんが、あの変人《へんと》なんよ」

「へんと？」

「あれ、部長から聞いてへんの？　今の寮監の佐渡賢人《さどけんと》のこと」

今川姫が〈川姫〉となり、入埜転子が〈つちころび〉となる原因を作った悪筆の持ち主が、月光荘の寮監なのだという。

転子が首をふると、姫は声をひそめながら、

「愛想が良くて優しかった島原さん夫婦とは違《ちご》うて、いつも怒ったような顔のうえ無口でな。とても寮監なんか勤まらんヤツやねん」

「大学に言ったら――」

「あかんあかん。一応あれで仕事は手を抜かずにやってるから、うちらが大学に寮監を替えるよう言うても、相手にされへん」

「真面目な人なの？」

「いや、必要最低限のことしかせえへん。まるで悪い公務員の見本みたいなヤツや」

「なんか嫌だね」

「そう。うちが思うに、なんぞ後ろ暗いことでもあって、ここに逃げこんでるんやないかと……」

「えっ……」

「まぁ、そんな雰囲気があるいうだけやけど。ただ、こっそり学生の様子をうかがっているような感じがあって……」

「まさか、女子寮を覗《のぞ》いているとか」

転子が怯《おび》えたのが伝わったのか、姫は慌てて首をふると、

「そういう事実はないんよ。でも変なヤツやから、戸村部長が、『あいつは賢人じゃなくて、変人だ』って言ったのが、いつしか寮中に広まって、それで誰もが陰で変人って呼びはじめたわけ」

「そんな人、なんだか嫌だね」

「そうやねん。だいたい変人のせいで、うちらは妖怪のニックネームをつけられそうにな

ってんからな。ううん、うちはまだええとしても、点子ちゃんにも同じ思いをさせてるんやから、ここは一発ガツンと言うてやるわ」

「ちょっと待って……。そんなことしたら――」

「ええねん。あいつ、うちに気があるみたいやから」

「よ、よけいにまずくない？」

関わらないのが一番良いと転子は思ったが、姫はさっそく彼女を連れて寮監のところへ行き、とうとうと苦情を申し立てた。

もっとも相手にそれが通じたのかどうか、寮監はニヤニヤしながら二人を――特に姫のほうを――じろじろと見つめるばかりで、一言も口をきかない。むしろ話しかけられたのを喜んでいるように見える。文句を言われているにもかかわらず……。

ついに姫のほうが根負けして、女子寮に戻ってしまった。

「あれじゃ、学生も居着かないね」

転子が憂鬱《ゆううつ》そうに言うと、

「去年の夏ごろから、がくんと寮生の人数は減ってるんや」

「女子寮も？」

「うん……。男子寮より酷《ひど》いわ」

「寮母さんは？」

「この一年間で、四人やったかなぁ……入れ替わってる」

「どうして?」

「さぁ……。きっと変人と気が合わんから、みな次々と辞めるんと違う」

ちょうど今も、新任の寮母さん待ちらしい。

それにしても一年で四人というのは、少し替わり過ぎではないのか。本当にすべて寮監のせいなのだろうか。

ふと転子は疑問に思った。しかし姫は、新しい寮母のことしか頭にないらしい。

「ええ人が来てくれへんかなぁ」

だが、この彼女の望みは叶《かな》えられることになる。

大学がはじまって数日後、講義が終わって寮へと戻って来た転子は、五十代後半の小柄でおっとりとした新しい寮母を紹介された。

「点子ちゃん、こちらが月光荘の女子寮で、新寮母さんになってくれはる里美《さとみ》貴子《たかこ》さん。趣味は読書やて。貴子さん——あっ、そう呼んでもええですよね。彼女は入埜転子さんいうて、文学部国文学科の二年生です」

「よろしくお願いします」

転子が親しみをこめて挨拶《あいさつ》すると、新任の寮母はどこか困ったような表情で、おずおずと頭を下げた。普通なら頼りなく思うところだが、とても無愛想な寮監や少し軽薄な寮長と接していただけに、逆に好もしく思えた。

実際、この新しい寮母は働き者だった。口数こそ少なかったが愛想は非常に良く、つねに寮生たちのことを気にかけた。百怪倶楽部の活動にも理解を示し、恒例の怪談会をしていても、いつも飲み物を出してくれる。

新しい大学生活は、転子にとって非常に楽しかった。はじめて親元を離れて暮らす不安は、世話好きな寮母のお蔭《かげ》で消し飛んだ。せっかく親友になれた天満路千尋との別れの淋《さび》しさも、今川姫と親しくなるにつれ癒《いや》された。

あっという間に季節は、春から夏になっていた。

何より信じられなかったのは、百怪倶楽部の活動が面白かったことだ。どちらかというと仕方なく入部したわけだが、どうやら水が合ったらしい。大して興味がなかった怪談も、自分で収集しはじめると楽しくなった。その背景には、副部長である田崎健太郎の存在も大きかった。

当初は健太郎に対して、「怖いものが好きな変なオタク」という見方しかできなかった。良く言えば部長である戸村茂のブレーン役になるわけだが、どっちもどっちという認識だった。それが倶楽部に関わっていくうちに、少しずつ変わり出した。

怪談会が主とはいえ、もちろん活動はそれだけではない。心霊写真及び映像の鑑賞、怪奇スポット巡り、遊園地のホラー・アトラクション体験、ホラー小説の読書会やホラー映画の鑑賞会など、それなりに多彩である。

茂は面白ければ満足、とにかく怖ければ良いという考えだったが、健太郎は違った。何をするにせよ、その歴史を蔑《ないがし》ろにはしない。事前に下調べを必ず行ない、それを倶楽部内で発表した。元々怪奇的なこと全般に造詣《ぞうけい》が深いのに、さらに掘り下げようとする。その真摯《しんし》な態度に——まぁ対象の問題はあるにしても——気がつけば転子は、とても感心するようになっていた。

もしかすると茂の軟らかさと健太郎の硬さが、絶妙の案配で百怪倶楽部を引っ張っており、だからこそ楽しかったのかもしれない。

そう、あんなにも恐ろしい出来事を体験するまでは……。

二　四隅の間

「夏休みの予定なんだけど——」

七月の後半に行なわれた百怪倶楽部の怪談会が終わったあと、部長の戸村茂がそう切り出した。

この日が前期最後の活動ということで、久しぶりに全部員が顔をそろえていた。場所は月光荘のホールに設けられた、いくつかの衝立《ついたて》で仕切られている談話室のひとつで、時間は夕方の六時である。まだ外は充分に明るかったが、がらんとしたホールで怪談話に耳を傾けていると、夏にもかかわらず妙に寒々しい気分になる。

「こっちに残るのは、誰と誰かな？」

茂が挙手を求める仕草をした。

すぐに手をあげたのは田崎健太郎と沢中加夏で、次いで今川姫が続き、それに入埜転子がおずおずと加わった。他の四人の部員は実家に帰ったり、旅行に出たり、住みこみのアルバイトをしたりと様々らしい。

転子がためらったのは、実家から帰省するよう言われていたからだ。しかし、彼女は寮に残るつもりだった。ただ、何か理由を考える必要がある。でも、なかなか良いアイデアが浮かばない。それで思わず挙手が遅れた。

「なるほど。いつものメンバーってわけか」

台詞《せりふ》だけ聞くと、がっかりしているように思えるが、なぜか茂の顔には笑みが浮かんでいる。そういえば転子が手をあげたとたん、彼はホッとしたように見えた。

どうしてだろう？

なんとなく転子は嫌な予感を覚えた。

「さてと——。それじゃ前期の締めくくりとして、百怪倶楽部の懇親会に移りたいと思います」

茂の挨拶を合図に、全員が食堂へ移動する。

ホールや食堂や娯楽室など男女の共用スペースは、西側の四階建ての男子寮と、東側の三階建ての女子寮の間に建つ、ドーム状の建物の中に設けられていた。元が社員寮だけあって、色々と設備が整っている。

加夏がキッチンに声をかけると、事前に買い出しをしておいた食料と共に、寮母が自分の手作り料理を次々と運びはじめた。わざわざ百怪倶楽部のために、腕をふるってくれたのだ。

転子は慌てて手伝いながら、本当に良い年に入寮したものだと、あらためて感じた。もし高校から普通に城北大学に進んでいたら、最初の一年間の寮生活も倶楽部活動も、こうはいかなかったのだから。

「貴子さん、すみません。百怪倶楽部のために、わざわざお手をわずらわせて——」

茂は感謝の言葉を述べると、一緒に飲みましょうと寮母を誘った。しかし彼女は、いつもと同様どこか困ったような表情を浮かべつつ、控え目に辞退した。

一通り食べ、飲み、喋《しゃべ》ったあとで、ひとり、またひとりと部員が帰りはじめた。結局その場に最後まで残ったのは、おなじみの顔触れである。

「そろそろはじめるか」

四人目が食堂を出てしばらくしてから、茂が意味ありげに全員を見渡した。

「はじめるって、怪談をですか」

そう応じたそばから、姫が自分の返しに笑っている。

確かに普通の飲み会であれば、夜がふけると共に怪談のひとつや二つくらい飛び出してもおかしくはない。だが、これは百怪倶楽部の懇親会であり、しかも通常の怪談会を終えたばかりである。姫の台詞は、あまりにも毒気があり過ぎた。

案の定、加夏が物凄《ものすご》い眼差《まなざ》しで姫をにらんだ。しかし、どうやら当人は気持ち良く酔っているようで、とても楽しそうに部長を見つめている。

「おっ、いいね。怪談会の第二部か」

さすがに茂は後輩の毒のある冗談を、さらっと受け止めた。

「もちろん再開してもいいんだけど、それよりもっと面白いものがあるとしたら、川姫様はいかがなさいます？」

「ちょっと部長！　妖怪《ようかい》のニックネームは、つけへんていう約束やないですか」

「あっ、悪い悪い。けど、川姫は美人なんだから――」

「人間の、男の精気を吸うんでしょ？」

「だから男であれば誰であろうと、ふらふらっと惹《ひ》かれてしまうくらい、彼女は美人なんだよ」

「せやけど、化物ですやん」

「でもね、姫ちゃん――」

「部長、それで――」

二人のやり取りに業を煮やしたのか、加夏が割って入った。

「その面白いものって何なの？　はじめるって何をするのかしら？」

「えっ……ああ、実は、ちょっとした実験をしてみたいと思っている」

「実験？」

首をかしげる加夏とは対照的に、ますます笑みを浮かべた姫が、

「悪魔でも呼び出すんですか」

「今川さん、ふざけるのもいい加減にしなさい！　部長に失礼でしょ」

「おっ、なかなか鋭いな」

後輩に怒っていた加夏をはじめ、当事者の姫も転子も、三人とも「まさか……」という表情で茂に目をやった。

「どういうこと？　悪魔を召喚する儀式でもするつもり？　まぁそれならそれで面白いかもしれないけど……」

加夏は最初こそ呆《あき》れた口調だったが、後半は茂のやることなら文句は言わないとばかり

に、一気にトーンダウンした。

「うち、前から疑問やったんですけど——」

すかさず姫が口を開いたので、転子はヒヤッとした。また迂闊《うかつ》なことを言って、加夏かららにらまれるのではと思ったからだ。

「そもそも西洋の儀式やのに、こんな東洋の島国で、それも百怪倶楽部みたいに、ふざけた集団で行なったとして、ほんまに効果があるんですか——いうことです」

恐れていた通り、またしても問題発言だった。

「まったく文化圏が違うのに……ってことか」

ところが、茂は微笑んでいた。姫の突っこみが楽しいのかニコニコしている。そのため加夏も怒るに怒れないのか、後輩をにらむだけである。

「はい。悪魔を召喚するにしても、その前提としてキリスト教の信仰が存在せんといかんのやないか——と、うちは思うんです」

「なるほど、背景の問題だな」

「ええ。そないな環境について、仮に百万歩ゆずったとしても、肝心の呪文《じゅもん》が唱えられんのやないですか」

「ほうっ、どうしてかな?」

「だって部長! うちらは日本人ですよ。どう転んでもネイティブな発音はできません。

まして呪文なんて、とうてい無理やないですか」

「唱える言語が、英語とは限らない」

ぼそっと健太郎がつぶやいた。そのとたん姫の鉾先《ほこさき》が、彼に向かう。

「せやったら、なおさらやありませんか。どこの国の、いつの時代の、どんな人々が使《つこ》うてたかも分からん言葉を、うちらが正確に発音できます？　それとも、ええ加減に唱えても、なんぼでも悪魔は呼び出せるっちゅうわけですか」

最後のほうは、ほとんど酔っぱらいのからみだったが、さすがに健太郎は律儀に答えようとする。

「いや、駄目だろうな」

「あっ、やっぱりそうなんや」

「今川君が指摘したように、キリスト教の文化圏でない地域で行なう悪魔の召喚など、元々ナンセンスなわけだから」

「さすが田崎さん！　はっきり言うてもろて、うち、なんやスッとしました」

そのとき茂が、おもむろに口をはさんだ。

「で――、そんな呪文など必要なく、それでいて実効性のある儀式があるとしたら、どうだろう？」

姫に向けていた眼差しを加夏に、次いで転子にもそそぎながら、

「実は〈四隅の間〉という儀式を、百怪倶楽部の夏休み中の特別企画として、月光荘に残る我々で執り行なわないかと提案するのが、今日の懇親会の目的だったんだ」

「他の部員も残ったら、どうするつもりだったの？」

加夏の疑問に、茂はあり得ないとばかりに片手をふっている。そんな二人のやり取りが聞こえなかったのか、

「なんですか、よそ見のマって？」

「姫ちゃん、よそ見じゃないよ。四角形の部屋の角にある、四つの隅のことだよ。マは間取りの間だな」

笑いながら茂が訂正したが、加夏がムッとしたのが転子には分かった。これ以上もう先輩に姫がにらまれないようにと、転子は慌てて話を謎の儀式へと持っていった。

「その四隅の間って、いったいどんなことをするんですか。私たちでも、簡単に実行することができるんでしょうか」

「ああ、それは心配ない。一番の問題は場所だけど、それも当てがあるしな。似た儀式でロータインという――」

「ローシュタイン」

すかさず健太郎が訂正する。

「えっ……ああ、ローシュタインだったな。で、このローシュタイン卿《きょう》というのが、えー

っと……」

「イギリスの貴族」

「そうそうイギリスの貴族で、なんとかという城において——」

「ヒンギス城」

「うん、ローシュタイン卿のヒンギス城だ。そこの地下室で——」

「回廊だよ」

「えっ……？」

「地下室じゃなくて、実験を行なったのは回廊なんだ。だから〈ローシュタインの回廊〉と呼ばれている」

「そうだった。それで——いや、やっぱりお前に任せるよ」

ようやく自分には無理と悟った茂が、説明役をバトンタッチすると、

「これは一種の悪魔召喚の儀式なんだ」

たちまち健太郎が勢いづいて喋《しゃべ》りはじめた。

「いわゆる黒魔術ってやつだな。正方形の部屋の四隅——分かりやすくA、B、C、Dとしておくと、目隠しさせた人間をAに二人、BからDにひとりずつ配置する。部屋の電気は消して、真っ暗にする。そのうえで、まずAのひとりがBまで移動し、Bで待機している人に触れる。するとBの者がCまで進み、やはりCで待機している人に触れる。Cの人

はDへ、Dの人はAへと同じように移動する。このDの人がAへ進んだとき、Aにいるのは最初にいた二人のうち、残ったほうのひとりとなるだろ。この人を仮にaとしておくと、aがB地点に移動したとき、そこにいるのは最初に動いたAということになる」

ここまでの状況を女性三人が理解できているかどうか、健太郎はそれぞれの顔を見つめてから、

「あとは、B地点に移動していたAが、C地点にいるBのところへ進み――と繰り返すことにより、正方形の部屋の四隅を五人がぐるぐると、いつまでも回り続けることができるわけだ」

「あれ……？　なんか似た話を聞いたことが……」

姫が独り言のようにつぶやくと、健太郎は即座に、

「昔からある怪談に〈雪山の遭難〉という話があって、それが基本的には、これと同じなんだよ」

「あっ、雪山の話！　そう、それやわ」

「吹雪のため山小屋に避難した、登山者のグループがいた。でも、火をおこすことができない。このままでは凍死してしまう。そこでひとりずつ四隅に分かれ、一晩中ぐるぐると小屋の中を回って動き続け、助かったっていう話だけど――実は彼らは四人しかいなかったんだよ」

一瞬、転子の二の腕に鳥肌が立った。

「つまりAからDの四人だけで、五人目のaは最初から存在していなかった。なのに一晩中、ぐるぐると小屋の中を回ることができた……という怪談だな」

「この話を聞いたとき、うち、すぐには何が怖いんか分からんかった」

「うん。四隅に四人ということで、なんとなく数は合ってるから、とっさにピンとこない。それが、実は五人いないと成立しないと分かり、ぞっとするわけだ」

「そうそう……」

「この話には、いくつかバージョン違いがある。五人目はいたけど、小屋に着いたときには死亡していた。それで、小屋の中心に五人目の遺体を安置して、そのまわりを残りの四人で回るという……」

そのほうが怖い、と転子は思ったが、姫は小学生のように手をあげると、

「でも先輩、いえ副部長！　ローシュタインの回廊は、はじめから五人いるんやないですか。別に不思議でもなんでも――」

「うん、このままでは回廊を延々と、この五人が回り続けるだけだからな。そこで、あらかじめローシュタイン卿が耳打ちしておいたひとりが、頃合いを見計らって、そっと五人の輪から抜け出るんだよ。回廊だから、輪という表現はおかしいけど」

「ひとりが抜けたことで、リレーの輪が途切れるんですね」

「にもかかわらず回廊を回り続ける足音が、そのまま響いたという」

黙ってしまった姫に代わり、加夏が口を開いた。

「それって史実なの？」

「ああ。ローシュタイン卿は、悪魔を召喚する黒魔術なんて嘘っぱちだ、ということを証明するために、この実験を行なった。ところが、実験は成功してしまった。集まった人々は、本物の悪魔が現れたとパニックに陥った」

姫と転子だけでなく、加夏も驚いている。しかし、そんな女性三人に対し健太郎は難しい表情を浮かべると、

「もっとも、この話は眉唾《まゆつば》だけどな」

「えっ、どうして？」

「黒魔術は本来、隠れて行なうものだからさ。それを体面を気にする貴族が、わざわざ公開でやるのが、まずうさん臭い。だいたい悪魔を召喚する儀式が嘘であることを、なぜ証明する必要がある？　敬虔《けいけん》なキリスト教徒であれば最初から無視をして、そんなものは相手にしないはずだろ」

「あっ、そうね」

「ローシュタイン卿には、多額の借金があったらしい。で、この実験のあと、本当に悪魔を呼び出してしまった場所として、ヒンギス城は有名になり、卿の懐は潤ったという落ち

がつく」

「なーんだ、そうなの」

加夏はがっかりしたようだが、転子はむしろホッとした。姫はぶつぶつと悪態をついていたが、またしてもからむように、

「けど副部長、仮にローシュタインの回廊の実験が成功してても、やっぱり西洋のもんやないですか。いくら呪文《じゅもん》などない無言の儀式でも、うちらがやるには――」

「いや、似たようなものは、日本にもあるんだ」

「えっ……」

「〈お部屋様〉といって、真っ暗にした部屋の四隅に、火のついた線香を持った四人が立つ。あとは同じだ。ひとりずつ順番に回って行くと、五人目が――お部屋様だな――現れ、やはりいつまでも回り続けられるという」

「一種の降霊術かしら？」

そう言って加夏が首をかしげた。

「西洋には〈スクエア〉と呼ばれる、これと同じような降霊術があるから、そうかもしれない。スクエア、つまり四角形ってことだな」

「なるほどね」

「ただ、お部屋様は何百年も続いた旧家にしか出ないとも言われるから、そういう意味で

は座敷童《ざしきわらし》のほうに近いかな」

「そう言われれば……」

「ちなみに大奥では側室が男子を出産すると、特別に自分専用の部屋をもらえて、お部屋様と呼ばれた。まぁ、それとは関係ないと思うけど」

　そんなことまで調べているのは、やっぱり田崎健太郎くらいだろうと、転子は素直に感心した。

「他に〈隅の婆《ば》様《さま》〉という儀式もある」

　さらに彼の話が続く。

「真っ暗にした部屋の四隅に、四人が部屋の中心を向いて座る。そこから部屋の中央まで、それぞれが這《は》うんだ。そして四人が出会ったところで、おのおのが手探りで相手の頭をなでながら、『一隅《ひとすみ》の婆様』、『二隅《ふたすみ》の婆様』、『三《み》隅《すみ》の婆様』、『四《よ》隅《すみ》の婆様』と数える。ところが、いくら数えても頭が五つある」

　転子の背筋に、ぞっと震えが走った。先ほどの二の腕の鳥肌より、もっと忌まわしい感じを覚える。

　しかし姫は、いい加減しびれを切らしたらしく、

「それで先輩、結局うちらは何をするんです？」

「だから、四隅の間だよ」

「そうでしたっけ……？」

　どうやら姫の酔いが酷《ひど》くなっているようで、転子は心配になった。だが、本人にはまったく自覚がないのだろう。なおも飲もうとしている。

「姫ちゃん、もうお酒は――」

「大丈夫やよ。ぜーんぜん、うちは酔ってへんから……」

　二人のやり取りを見て、そろそろ潮時と判断したのか、茂が締めくくりの挨拶《あいさつ》をした。

「それじゃ次の部活は、八月の一日とします。活動内容は四隅の間の実践、場所は月光荘の地下室、集合はホールの談話室、時刻は午後十時を厳守して下さい。もちろん夕飯は各自ですませておくこと。それから活動前の飲酒は厳禁です。みなさん、くれぐれも無断欠席しないように――」

　このとき、ハッと姫が息を飲んだ。

　転子が見やると、一気に酔いが醒《さ》めた、いや血の気が急激に引いたような、真っ青な顔をしている。

　どうしたの――と声をかけようとして、加夏も同じ反応を示していることに気づいた。

　今川姫と沢中加夏、この二人の顔に浮かんでいたのは、まぎれもなく恐怖そのものだった。

三　儀式の目的

前期の最後に行なわれた百怪倶楽部の懇親会のあと、転子は女子寮の自室へ今川姫と一緒に戻りながら尋ねた。

「部長が言ったことで、何をそんなに驚いたの?」

しかし姫は酔ったふりをして、彼女の問いかけをはぐらかすばかり……。

転子にしては珍しく執拗《しつよう》に訊《き》いてみたが、まったく何も答えず、部屋に入るときに「おやすみ」と口にしただけだった。

それ以来、姫の様子が少しおかしくなった。普段は何ともないのだが、百怪倶楽部の夏の特別活動の話になると、とたんに落ち着かなくなる。そのうち「実家に帰らなあかんかも」と言い出したり、「どっか旅行に行かへん」と転子を誘いはじめる始末である。

「倶楽部《クラブ》活動に出たくないから?」

一度そう真正面から尋ねたのだが、すぐに姫が話題を変えたため、そのまま有耶無耶《うやむや》にされてしまった。

入部した動機はともかく、姫はオカルト的な話題が嫌いではない。ただし、あくまでも彼女にとっては娯楽らしい。まったく信じていないわけではないが、多分に懐疑的でもある。つまりローシュタインの回廊でも、隅の婆様でも、四隅の間でも、その実践を姫が心底から怖がるとは思えない。

なのに、どうして？

様子が変なのは、沢中加夏も同様だった。ただし彼女のほうは、戸村茂ともめているような雰囲気がある。茂に気があるらしい加夏が、彼につきまとうのは自然なのだが、いつもと感じが違う。しきりに何かを訴えているようなのだ。

姫ちゃんと加夏先輩が妙になったのは、同じ原因？

転子は悩んだ。彼女の知る限り、二人は茂の締めくくりの挨拶を耳にしたとたん、異様な反応を示したと言える。

四隅の間の実践が、急に怖くなった？

だが、それなら田崎健太郎が説明をしているときに、そう感じていないとおかしい。でも加夏はともかく、姫が怖がるのはまったく彼女らしくない。それにあのときの状況をふり返ると、やはり二人とも茂の言葉に慄《おのの》いたとしか思えない。

でも、いったい何に対して？

夏休みに入ったある日、ホールの片隅で話している茂と加夏を見かけた転子は、それとなく耳をすませた。もっとも立ち聞きまでは無理で、ゆっくりと側を通り過ぎるのが精一杯だったのだが――。

「よりによって地下室で、四隅の間のような儀式をするなんて……」

「どうしても嫌なら、幽霊部員に頼むだけだけど」

そんな加夏と茂の台詞《せりふ》を、ちらっと聞くことができた。

どうやら加夏も、夏の特別活動への参加を渋っているらしい。これまで茂の提案に異を唱えたことなど一度もない彼女が、である。

ちなみに幽霊部員というのは、経済学部経済学科の一年生であり、五月になってから月光荘に入寮した畑山佳人《はたけやまかひと》のことだった。幸い妖怪《ようかい》に似た名前ではないうえ、部屋の名札を書く仕事は悪筆の寮監から達筆の寮母へと移っていたため、そもそも間違えようがない。それでも茂はあの手この手で、百怪倶楽部に勧誘しようとした。佳人が美青年だったからだ。来年の女性部員の獲得に向けた、部長の遠大な企《たくら》みである。

だが、当人にはあっさり断わられた。ただし寮生のうえ、倶楽部の活動がホールで行なわれるので、たまたま近くにいる機会が多い。それで言葉たくみに茂から誘われ、何度か参加しているうちに、いつしか幽霊部員と呼ばれるようになっていた。

正式な部員にもかかわらず、いつも部活をさぼる者を幽霊部員と呼ぶ。だから彼は、むしろ助《すけ》っ人《と》と言うべきだろう。

もっとも佳人は、自ら色々な場に顔を出す癖があった。良く言えば好奇心旺盛《おうせい》で、悪く言えば野次馬根性が盛んなのだ。そのため同校の一癖も二癖もある複数の部から、つねに勧誘を受けている。

たとえば、有名な物故作家の未発表原稿を秘匿しているという噂のある探偵小説研究会、本物の手榴弾《しゅりゅうだん》や昔の軍用拳銃《けんじゅう》を隠し持っていると危険視されるミリタリー・クラブ、部員のほとんどが口にはできない変態嗜好《しこう》を有している恐れのある性風俗同好会、本物そっくりの贋作《がんさく》を製作しては売りさばいて部費を稼ぐと言われる特殊美術造形集団など。

「いかに百怪倶楽部が健全か、君にも分かるだろう」

畑山佳人を勧誘するときの、戸村茂の口癖である。

その佳人に頼むと茂が言うからには、加夏が活動を嫌がっていると見なしても、おそらく間違いではないはずだ。

なぜ……？

姫と加夏の奇妙な態度に接しているうちに、次第に転子も四隅の間を執り行なうことが、妙に怖くなりはじめた。

やがて、八月一日がやってきた。

結局、姫は帰省せず旅行にも出ていない。加夏も寮に残っている。だからといって二人が、今夜の倶楽部活動に参加するかどうかは分からない。転子もあえて尋ねないようにしていた。

彼女自身は実家の親に、この夏は洋菓子屋でアルバイトをする、と大嘘をついてある。この場合はバイト先がミソとなる。両親にしてみれば、あの子は将来うちの和菓子屋を継ぐことを考えて……と思うに違いないと、もちろん計算のうえだ。

この作戦は上手《うま》くいった。さすが天満路千尋である。これは千尋の入れ知恵だった。今でも週に一度ほど、彼女とは電話で話をしていた。百怪倶楽部のことも知っていて、自分も入りたいと言うほど気に入っている。そこで夏休みに帰省しなくてもすむ方法はないかと相談したのだ。

ただ、そんな千尋も、姫と加夏のおかしな様子は不審に感じるらしく、気をつけるようにと転子は注意された。

「なんや変やなぁ思うたら、すぐに逃げるんやで」

そのときは姫も一緒に二人で、と彼女は決めていた。

しかしながら、ローシュタインの回廊も、お部屋様も、スクエアも、隅の婆様も、自分が行なう予定の四隅の間も、すべて変ではないか。いや、百怪倶楽部そのものが最初から変なのだ。

あらためて変だと感じたとき、すでに手遅れだったら……。そう考えると転子は、とても落ち着かない気分になった。

その夜、食堂では七人の学生たちが夕食をとっていた。戸村茂と田崎健太郎、沢中加夏と彼女の同級生で女子寮の寮長をしている尾田間美穂《おだまみほ》、畑山佳人、そして姫と転子である。佳人だけがひとりで、あとは二人ずつ同じテーブルに座っていたので、茂が彼に声をかけた。しかし佳人は首をふり、席を移動しなかった。

それを見ていた姫が、

「うちらのテーブルに呼んだげようか」

「えっ、別にいいけど……。来ないんじゃないかなぁ」

「なんで？」

「彼、百怪倶楽部の部員とは、少し距離を置きたがってると思うよ。普段から部活に参加してはいるけど、いくら部長に誘われても、決して入部はしないでしょ」

「それはそれ。こんな可愛らしい女が二人もおるんやから、今は関係ないよ」

今夜の活動を前に、姫が無理にテンションを上げようとしているのだと、なんとなく転子には分かった。ただし、それだけではない、という感じも受ける。

「姫ちゃん、ひょっとして彼のことが気に入ってる？」

「だって可愛いやん」

あっさり認めるのは、いかにも彼女らしい。

「姫ちゃんて、年下が好きなの？」

「恋愛に年齢は関係ないやん。それに彼、一浪してるから、うちらとは同じ歳やで」

いつの間にそんな情報を得たのかと、転子はびっくりした。

「うち、母性本能がくすぐられるねん」

「へぇ……」

「うちだけやないで、貴子さんも彼の面倒見は特別にええねんから」

「寮母さんも？」

「お子さんを亡くして、旦那《だんな》さんとも死別したらしいんよ。もしかすると佳人君に、息子さんを重ね合わせてはるんかも……」

姫の情報収集力は意中の人だけでなく、周囲の人すべてに発揮されるらしい。

「もっとも彼は、うるさい親元をせっかく離れたのに――って、思ってるみたいやね。あれこれ世話をやかれるんは、きっと嫌なんやろうな。その気持ちは分かるけど、うち、貴子さんみたいなお母さんやったら、ほんまに歓迎するわ」

「姫ちゃん、もう彼と親しいんじゃない？」

「せーんぜん。こんなん世間話のうちやんか」

その世間話さえ転子はしていないのだから、やはり彼女から見れば二人の仲は親密と言える。

「あっ、食べ終わったみたいだよ」

そんな話をしているうちに、佳人は食器の載った盆を持って、椅子から立ち上がってしまった。

「残念……。点子ちゃんとホールでお茶でも飲むか」

「すみませんね。相手が私で——」

二人は食器を片づけると、寮母に「ごちそうさま」の挨拶《あいさつ》をして、それからホールの談話室に移動した。夏は冷たい麦茶が、冬は温かい焙《ほう》じ茶が無料で飲める。

「今夜の部活、参加するよね」

「うん……」

さりげなく転子が訊《き》くと、素っ気なく姫が答えたが、すぐに小さく首をふりつつ、

「部長の説明を聞いてから……決めるかもしれん」

「どういうこと？」

すかさず尋ねると、少し間があってから、

「この前、ローシュタインとかいう回廊の儀式をはじめ、他にも色々と説明を受けたやろ。それで四隅の間いう儀式が何をするんか、だいたい分かったわけやんか。結局うちらも部屋の隅から隅へと、ぐるぐる回るんやいうことが」

「そうだね」

「でも、その結果どうなるんか、何が起こるんかは、うちらは聞いてへん」

言われてみればそうである。儀式の方法、やり方は理解したかもしれないが、その目的は知らされていないのだ。

「やっぱり悪魔を呼び出すのかな？」

「なら、うちは降りる」

きっぱりと姫が言い切った。

「けど姫ちゃん、今の日本で、私らのような学生が、そんなに簡単に悪魔を呼び出せるわけないよ。いくら今回の儀式に、難解な呪文《じゅもん》がないからってさ」

「他のものが出て来たら……」

「えっ？」

「悪魔やのうて、もっと身近なもんが現れたら……」

「…………」

「身近で怖いもんが……」

転子の首筋が、ざわっと粟立《あわだ》った。姫が何を言っているのか分からなかったが、その口調がなんとも怖い。

「姫ちゃん――」

しかし、彼女は急に話題を変えた。そして数分も経たないうちに、もう部屋に戻ろうと言い出した。

それから十時前まで、転子はひとり自室で過ごした。本は読む気にならず、テレビも観たいとは思わず、千尋に電話しようかと考えたが止めた。今、彼女に先ほどの姫の言動を話せば、きっと今夜の部活には参加するなと言われるに違いない。そうなると転子の心も揺れ動いてしまう。自分が参加しないと、みなに迷惑がかかる。

それとも姫ちゃんと加夏先輩と三人で、そんな儀式はやりたくありません——って言うべきなのかな？

ベッドの上で悶々《もんもん》としているうちに、どうやら寝入ってしまったらしい。ノックの音で目覚めると、九時五十五分だった。迎えに来た姫と一緒に、転子はホールの談話室へと急いで向かった。

すでに戸村茂、田崎健太郎、沢中加夏が、談話室のひとつで待っていた。

「おっ、感心にも来たな。よし、これで五人がそろったわけだ」

茂が満足そうな表情をしながら、あらたまって夏の特別活動の挨拶をした。

「あの、部長」

それがすむのを見計らったように、姫が手をあげた。

「うん、何か質問でも？」

「四隅の間って、いったい何のためにやるんですか。百怪倶楽部が、そういう妖《あや》しい儀式に関わるんは、当たり前いうか、ふさわしいとは思うんですけど——。これを執り行なうことによって、何が起こるんか、うちは知りたいんです」

「その結果いかんによっては、参加を見合わせるかもしれない。そういうことか」

さすがに茂は察しが良かった。だてに寮長を務めていない。

「私も、お聞きしたいです」

すかさず転子も手をあげた。姫を援護する気持ちもあったが、本当に知りたいと思ったからだ。加夏も同じではないかと顔を向けると、やけにすっきりとした表情をしている。すべて承知のうえで、納得ずくで参加しているように見える。

部長に説得されたのかな？　それとも事前に説明を聞いて、それなら良いと判断したのかな？

もし後者であれば、何の心配もいらないことになる。ただし前者であれば、転子と姫にとっては何のなぐさめにもならない。

「分かった。それじゃ先に、四隅の間の作法について説明する」

茂が転子と姫を交互に見つめながら話しはじめた。

「細かい部分まで、ちゃんと理解しておいてもらわないといけないからな。次いで儀式の目的というか、これを執り行なうことによって我々が何を得られるのか、言わば効果について説明する。この時点で一度、全員の意思確認をします。やっぱり参加したくないと思った人は、そう遠慮なく言って欲しい」

念のためなのか、茂は健太郎と加夏にも視線を向けている。ただ彼の口調には、その二人だけでなく、説明を聞きさえすれば転子も姫も絶対に参加を取り止めたりしない、と確信しているような感じがあった。

「それでいいかな？」

茂の問いかけに四人がうなずいたので、そのまま儀式の説明をはじめた。

「点子ちゃんは知らないかもしれないけど、この地下には元々カラオケ・ルームがあってね。ほら、ここは元オーディオ会社の社員寮だったから、そんな娯楽室が四つもあったわけだ。残念ながら今は、ただの物置になってるけどな。この部屋が、まさに正方形なんだよ。つまり四隅の間を行なうには、打ってつけな——」

「どの部屋でやるんです？」

いきなり姫が口をはさんだ。しかも、その顔が強張《こわば》っている。あまりの突然さに、茂も絶句してしまったらしい。

転子は彼女らしくないなと不審がった。この前のように酔っているならともかく、部長の話の腰を折るような口出しを、普段は決してしないからだ。

しかし、妙なのは姫だけではなかった。本当ならすぐに後輩をにらんでいるはずの加夏が、まったく何もしない。かといって無反応なのではない。姫の質問を耳にしたとたん、ハッと身構えたくらいだ。

「階段を降りたすぐの部屋、一番手前の部屋だよ」

茂も一瞬の驚きが去ると、ごく普通に答えた。

そのとき姫の緊張が、少し解けたように見えた。まるで山積みしている難問のうち、最初の大きな問題が消滅したかのごとく……。

「部屋の片づけは、俺と健太郎ですませてある」

茂が話を続ける。

「ガラクタ類は、すべて運び出した。だから今、あの部屋はまったくの空っぽだ。なーんにもない。つまり儀式の場は、完全に整っているわけだ」

その言葉に、健太郎がうなずいている。茂だけなら不安だったが、何事にも几帳面《きちょうめん》な健太郎も一緒だったのであれば、部屋は綺麗《きれい》に片づいているに違いない。

「地下だから窓はない。出入口は南側の扉ひとつだけ。部屋に移動してからも説明するけど、扉を入って右手の隅をA、Aから右壁を触りながら奥へと進んだ隅をB、Bから扉の向かいの壁を左方向へと行った隅をC、そして残りの四つ目の隅――つまり扉から見て左手の隅をDと呼ぶことにする」

扉の右手の角から反時計回りに、Aの隅、Bの隅、Cの隅、Dの隅となるわけだ。

「みんなには、くじを引いてもらう」

茂が小さな段ボール箱を取り出し、その中が見えるように傾けると、折り畳まれた紙片がいくつか入っていた。

「この紙には、それぞれAからDまで、アルファベットが書かれている。Aを引いた人は、Aの隅に立つわけだ。ただし、このAが書かれた紙だけ二枚ある。もっとも同じAではなく、A1とA2に区別されている。この二人は最初だけ、一緒にAの隅に立つ」

箱の中の紙片をかき混ぜながら、茂は具体的な説明に入った。

「五人が決められた位置につく。もちろん部屋の中は真っ暗だ。よって移動は自分の右側の壁に、右手を当てながらになる」

実際に右手を壁に這《は》わせるパントマイムを演じながら、

「まずAの隅からA1がBの隅まで行き、そこでBの身体にタッチする。Bは触られたと感じたらCの隅まで進み、同じようにCに触れる。Cも同様のことをDに行ない、DもA2に対して行なう。この段階で四角形の部屋を一周したことになるが、A2がBの隅にいるA1にタッチしてはじめて、五人の輪が完全につながったと言えるわけだ」

いつしか転子も姫も、熱心に茂の話に耳を傾けていた。

「このまま何もしなければ、五人の円運動がいつまでも続く。あっ、輪とか円運動という表現はおかしいけど、この場合は分かりやすいので、このまま使うよ」

律儀に茂は断わると、

「四角形の輪が回り出し、しばらく経ったところで、タイミングを見計らい、ひとりだけ輪からこっそり抜け出してもらう。みなの邪魔にならないように、なるべく部屋の真ん中へ移動して、じっと黙っていて欲しい。あらかじめ部屋の中央には、夜光塗料をつけた妖《よう》怪《かい》のフィギュアでも置いておくことにする」

そう言うと茂は、悪戯《いたずら》っ子のような笑みを浮かべた。

「くじに星印のある人が、その役目を務めること。それがAからDの誰なのか、実は俺も知らない。アルファベットを書いた紙を二つに折ってからシャッフルし、その中からランダムに選んだ紙片に星印を記し、再び二つ折りにしたからだ。もちろん他の紙も、すべて四つ折りにしてある」

「星印のくじを引いた人は、それを口にしちゃいけないのね」

その夜、はじめて加夏が口をきいた。

「そうだ。絶対に喋《しゃべ》らないように。事前に分かってしまうと、当人の前後の隅に位置する二人が、どうしても意識してしまうからな」

とっさに茂の言葉の意味が、転子にはピンとこなかった。が、すぐに「あっ」と声をあげそうになった。

くじ引きの結果、仮に転子がCの隅になったとして、抜け出すのがBの人だと――たとえば姫としておこう――知っていたらどうだろう。儀式がはじまって五人の輪が回り出す。まずA1がBへと進み、Bの姫がCの隅にやって来て彼女に触る。それが姫だと最初は分かる。だが、二回、三回、四回と続くうちに、いつか姫は輪から抜け出すのだ。それで五人の循環が途切れれば問題はない。でも、もし続いたら……。

六人目が現れたことになる。

しかも転子は、その六人目に触られるのだ。いや、それだけではない。いつ姫が輪を抜け出すか分からないため、自分にタッチしているのが本物の彼女であっても、「もしかすると、この手は……」という戦慄《せんりつ》に、つねに見舞われるはめになる。

また転子がCで、抜け出す役目の姫がDでも、別種の恐怖に襲われる。今度は、いつ自分が六人目に触れることになるのかと、ずっと怯《おび》えなければならない。

くじを作った茂自身が、どのアルファベットに星印をつけたのか分からないようにしたのも、真っ暗闇の中で二つの恐ろしい状況のどちらかに、きっと我が身を置きたくなかったからに違いない。

「その人が抜け出したあとは、どうなります？」

姫が質問した。

「何も起こらなければ、もちろん暗闇の中のリレーは中断してしまう。個人差はあるだろうけど、どの程度の間合いで自分が動いているか、おおよその間隔は分かるはずだ。だから誰もタッチしに来ないと思ったら、そこで声をあげればいい。そのとき他の三人も同じだと言えば、実験は失敗したことになる」

「抜け出した人は、その事実を他の人には教えへんのですか」

「それは絶対に止めて欲しい。とにかく私語は一切禁止だ。いつまで経っても誰も来ないと判断して、はじめて声を——いや、その役目は俺か健太郎か、ということにしておこう。我々が充分に確認をしてから、そのうえで実験の失敗を知らせる。だから女性陣は、一言も喋らないようにしてくれ」

まず加夏が、次いで残りの二人が同時にうなずいた。だが、そのまま姫は、

「でも、ひとりが抜け出したんにもかかわらず、もし闇の中の輪が途切れへんかったとしたら、実験は成功したことになりますけど——」

「ああ、そうなるな」

「抜け出した人が何も言わへんのやとしたら、いったい誰が、どうやってそれを知るんです？」

確かにそうだった。もし万一、六人目が現れたとしたら、五人の循環は中断することなく続くのだ。輪が回っている限り、星印の人物が抜け出したかどうか、それは本人以外には知りようがないことになる。

姫ちゃん、さすが——。

転子が感心していると、茂もいかにも良い質問だと言わんばかりの表情で、

「抜け出した星印の人は、部屋の中心まで行って待機して欲しい。暗闇のリレーが中断し

たと、誰かが言い出さないか、しばらく様子を見るんだ。くれぐれも慎重に、これは判断してくれよ」

「それで、誰も声をあげへんかったら……、何事もなかったように、そのまま四角形の輪が続いたとしたら……どないするんです？」

茂は満面に笑みを浮かべると、こう言った。

「その輪が途切れないうちに、円の中心に立ちながら、星印の人は口にするんだ。叶《かな》えて欲しい自分の願い事を――」

四　地下室

四隅の間という儀式は一種の願掛《がんか》けである。

それを知ってから、ようやく今川姫が落ち着いたように見えた。悪魔の召喚など日本ではナンセンスだと言いながら、やっぱり気にしていたのだろうか。

「星印の人が願い事を唱えたあと、どないなるんです？」

引き続き姫が質問をする。

「その願いが叶うかどうかは、結果待ちするしかないよな」

「いえ、願いの成就やのうて、うちが言うてるんは――、六人目のことです」

「どうやって還《かえ》すのか、ということか」

茂の言い方に、転子はぞくっとした。

「四角形の円運動によって現れたわけだから、それを止めれば消えるはずだ。星印の人が願い事を口にするのを聞いたら、その場で他の人は止まって欲しい。それで六人目はいなくなる」

「ほんまですか」

「ああ、暗闇から現れたものは、再び闇へと還せばいい」

姫が納得したのか分からなかったが、もう何も言わなくなった。

「他に質問はあるかな？　点子ちゃんは？」

彼女が首をふると、

「それじゃ、四隅の間に参加しないという人がいれば、手をあげて欲しい。遠慮はいらない。個人の意思は、ちゃんと尊重します」

転子は、ちらっと姫を見た。ずるいようだが彼女が挙手すれば、自分もそれに続こうと思っていた。加夏だけの場合は、友だちを見捨てることはできないので、姫と一緒に参加するつもりだった。

「降りる人は、誰もいませんね？」

しかし、姫も加夏も手をあげなかった。

「全員が参加するということで、間違いありませんね？」

茂は確認するように部員の顔を見回すと、まず転子に段ボール箱を差し出した。

「折り畳まれた紙をひとつだけ取って、まず星印がついていないかを確認し、それからアルファベットを見ること。ただし、星印の有無については絶対に喋らないように」

次いで姫、それから加夏と健太郎、最後に彼自身が紙片を取り出す。

転子が手にした四つ折りの紙片を恐る恐る開くと、そこに星印はなかった。これで四角形の輪の中に残らなければならない。星印さえあれば、六人目の恐怖から逃れられたというのに……。

けど私なら、いったい何を願う？

そう思うと、星印を引かなくて良かったような気もする。みながいるところで、願い事を口にしなければいけないのだ。これはこれで、かなり悩みそうだ。

二つに折られた紙片をさらに開くと、そこには「C」と記されていた。BとDが誰なのか、とたんに気になる。

「A1の人は？」

茂の問いかけに、姫が手をあげた。A2は健太郎、Bは茂、Cが転子、Dは加夏と決まった。肝心の星印が誰かは、もちろん分からない。

「今、十一時半だな。儀式は午前零時に開始するので、地下には五十分に降りるか。トイレに行く人は、今のうちにどうぞ。いったん四隅の間がはじまったら、途中で抜け出すことはできないから」

茂の言葉に、転子はトイレに行きたくなった。姫を誘うと、ついて来てくれた。

「参加して大丈夫？」

三人の先輩たちには聞こえないところで、気になっていたことを尋ねる。

「部長のことやから、もっと邪悪な目的を持ってるんやないか、そう思うたんやけど、そこが違《ちご》うてたから――」

「星印の人が、自分の願い事を口にするだけだものね」

「実は部長が星印を引いてて、彼の願い事が『悪魔よ、ここに出《い》でよ』やったら、どないしようもないけどな」

「そもそも六人目が……出ると思う？」

トイレの前で転子が訊《き》くと、姫は答えないまま中に入り、そのまま個室に消えてしまった。仕方なく先に用をすませる。

転子が洗面台で手を洗っていると、個室から出て来た姫が横に並んだ。

「六人目は現れへんと、うちは思う」

「やっぱりそうかな」

「雪山の遭難のような極限状況やったら、まだあり得るかもしれんけど……。お遊び気分の怪談同好会やからな、うちらは」

「そうだよね」

意見が一致したところで、二人は談話室へと戻った。

しかし転子は、すっきりしない気分だった。確かに姫は以前に比べると、かなり落ち着いて見える。六人目の出現に否定的なのも、いかにも彼女らしい。だが、そんなふうに百パーセント考えているわけではないような気が、どうしても転子はするのだ。

何かが引っかかっている……？

その引っかかるものに怯《おび》えている……？

まだ完全には払拭《ふっしょく》できないらしい。それが転子には分かった。ひょっとすると儀式に参加するのは、その何かを吹っ切るためなのかもしれない。

二人が戻ってから、さらに十分ほど時間をつぶしたあと、一行はホールの東側の壁にある扉から地下へと降りた。茂を先頭に、健太郎、加夏、姫、転子の順番である。

とても薄暗い明かりに照らし出された階段は、まるで真っ暗な奈落《ならく》へと続いているように見えた。カラオケ・ルームとして使われなくなってから、ろくに電灯も交換していないのだろう。その急な角度の傾斜を目にしていると、ふうっと吸いこまれそうで、なんだか足元が覚束《おぼつか》なくなる。

ギリギリ大人が二人並べる幅の階段を降りながら、転子はたまらなく怖いと感じた。自分の前に四人もいるのに、なかなか下へと進む気になれない。ただ、自分の後ろには誰もいないことをあらためて認めたとたん、慌てて姫の背中を追った。

階段を降りると、右手に廊下が延びていた。手前の電灯が薄暗く点《とも》っているだけで、奥のは切れているのか真っ暗である。それでも右側の壁に扉が四つ、等間隔で並んでいるのが分かった。

このとき転子は、ふっと線香の匂いを嗅《か》いだような気がした。

えっ、どうして……？

と思った瞬間、たまらなく怖くなった。

「こ、これって、すべてカラオケ・ルームだったんですか」

怖さをまぎらわすために、どうでもいい質問をする。

「ああ。その割には、なんか陰気な雰囲気があるけどな」

すぐに茂が答えてくれた。

「でも、部屋に入ってしまえば、あとは歌うだけだし、誰も気にしなかったんだろ」

確かにそうだが、廊下と階段がこれでは、あまり使用したいとは思わない。

「今は、すっかり物置になってるよ。幸い四室とも物でいっぱいじゃなかったから、今夜、我が百怪倶楽部が使う部屋の荷物は、すべて他の三室に移動させることができた。もちろん我らの寮母である、貴子さんの許可はもらってある。これが寮監の変人だったら、おそらく無理だったろうな」

茂の話を聞いているのは、なぜか転子だけのようだった。

健太郎は自分たちが降りて来た階段を見つめるばかりで、完全にそっぽを向いている。逆に加夏と姫は廊下の奥の暗がりに、最初から何度もちらちらと目をやっていた。少し眺めては視線をはずし、また眺めるという繰り返しである。かといって廊下の先には何もない。ただ薄気味の悪い闇が潜んでいるばかりで……。

そんな他の三人の反応など気にすることなく、

「──なんだ。つまり、ここは寮生にも知られざる穴場ってわけだ」

転子への説明を終えた茂は、ひとつ目の扉を手前に引いた。

とっさにギィィ……という厭《いや》な軋《きし》みにそなえたが、取り越し苦労だったようで、扉は音もなくスムーズに開いた。

この地下の雰囲気に呑《の》まれているからだ。

そう自己分析をするのだが、だからといって一向に不安は去らない。いや、それどころか扉の内部を目にしたとたん、室内に蟠《わだかま》る濃い闇を覗《のぞ》きこむやいなや、階段と廊下で覚えた以上の戦慄《せんりつ》が、たちまち転子の背筋を走った。

嫌だ、この部屋には入りたくない……。

厭だ、この暗闇には身を置きたくない……。

しかし茂は室内の明かりを点すと、扉を片手で押さえながら、

「さっ、入って——。綺麗《きれい》なものだろ」

先に入るよう部員たちを誘《いざな》った。

なんのためらいもなく健太郎が入室し、少し躊躇《ちゅうちょ》したあと加夏が続き、決心をしたように姫が進むと、嫌々だったが仕方なく転子も足を踏み入れた。

最後に茂が、わざわざ廊下の明かりを消して入室する。

室内の明かりも、また薄暗かった。ただ元がカラオケ・ルームだったため、最初から光度が低いのかもしれない。はっきりとは分からないが、ビニール材のような四方の壁はかなり汚れてはいるが白っぽく、全体にエンボス加工が施されている。床はフローリング仕様らしかったが、あちこちに傷が目立っている。扉は南側の壁のほぼ中央に位置し、その右横に電灯のスイッチがある。明かりは天井の中央にある丸い電灯ひとつで、他には一切ない。

ないと言えば、本当に室内には何もなかった。扉の向かいの壁の左上の隅にエアコンが、右上の隅に空調用の換気扇が見えるだけで、がらんとした正方形の空間がただ存在する、なんとも殺風景な眺めだった。

「実験の舞台設定としては完璧《かんぺき》だろ」

部屋の中央に立った茂は扉を指差しながら、

「最初こそ扉の位置を覚えているかもしれないけど、真っ暗な中で儀式を繰り返しているうちに、今、自分がどこの隅にいるのか、今、自分がどの面の壁に触れているのか、まったく判断できなくなると思う」

転子の視線を追い、その心を読んだような発言をした。

「もちろん、指先が扉に触れれば壁とは感触が違うから、自分がDからAの間にいるのだと分かる。でも、それも最初だけだよ。何度も何度もぐるぐる回っているうちに、ささいな指先の違和感など覚えなくなる。そんなことより、回り続けることに夢中になってしまう。けど、それでいいんだ」

「ひたすら無心になるってことだな」

ぽつりと健太郎がつぶやく。

「ああ。だから星印を引いた人に、お願いしたい。あまり早く輪を抜け出さないでくれ。ぐるぐる回り続けて、この部屋の空気が、気配が、緊張が、最高潮に達したと感じるまでは、どうか我慢して欲しい。判断が難しいかもしれないけどな」

残りの四人がうなずくが、誰がそうなのかは分からない。茂本人の可能性もある。

「この部屋の中央に、夜光塗料をつけた人魂《ひとだま》を置いておく。星印の人は、これを目印に輪を抜けてくれ」

健太郎がコレクションしている妖怪《ようかい》フィギュアから、その人魂が選ばれたらしい。

「さてと――。それじゃ靴を脱いでもらおうか」

「えっ……？」

声をあげたのは姫だったが、転子も驚いた。それは加夏も同じだったようで、びっくりした表情で茂を見ている。

「靴をはいたままだと、足音がするだろ。今どのあたりの人が移動しているのか、露骨に分かってしまう。しかも星印の人が抜けたのも、足音でバレるじゃないか」

「でも、部長……」

「大丈夫だよ。ちゃんと掃除はしてあるから」

と言われても、裸足《はだし》で歩けるほど床が綺麗には見えない。

「そりゃ少しくらい汚れるけど、シャワーで洗えばすむことだろ」

まず加夏がサンダルを脱いで素足になった。夏のうえ寮内にいるため、全員が靴下をはかずにサンダルを突っかけている。姫と転子も仕方なく裸足になると、健太郎が女性三人と茂のサンダルを集めて廊下に出す。もちろん戻って来たときには、彼自身も裸足になっていた。

「まずAの隅に、姫ちゃんと健太郎がスタンバイする」

茂は扉を入って右手の角を指差すと、自分はBの隅へと移動しながら、Cの隅には転子を、Dの隅には加夏を配した。

「みんな用意はいいか。もうすぐ午前零時だ」

「明かりは、誰が消すんです？」

もっともな姫の問いに、茂は一瞬ちらっと加夏を見た。彼女がスイッチに一番近かったからだろう。しかし、すぐ健太郎に視線を向けると、

「健太郎、スイッチの側まで行ってくれ。俺が合図したら明かりを消して、そのままAの隅まで歩く。姫ちゃんは、彼が戻って来るのを待って、Bの隅へと進んで欲しい。いいね？」

健太郎が扉の側に立ちスイッチに手をかけると、茂が左手の腕時計に目を落としつつ右手をあげた。

「みな、準備はいいな？」

最終確認の声が茂からあがる。

「ええ……」

加夏が弱々しく答えた。

「はい」

姫が抑揚のない低い声で応じる。

「は、はい……」

転子は慌てて二人に続くと、とっさに腕時計を見た。もう一分たらずで儀式のはじまる、午前零時になるところだった。

「………」

やがて無言のまま、素早く茂の右手が下ろされる。と同時に突然、部屋の中が真っ暗になった。

それは転子が今まで体験したことのない、真の暗闇だった。

五　暗黒遊戯

転子は本当に何も見えなかった。目の前に左手をあげても、その腕さえ認めることができない。視覚は完全に奪われている。

ならば聴覚はどうかと耳をすましたが、健太郎がAの隅へと戻って行く気配がしない。スイッチを切ると同時に、彼は動き出したはずだ。真面目な彼のことだから、それはまず間違いない。

なのに何も聞こえないなんて……。

サンダルを脱いで裸足になっただけで、これほどの効果があるとは、茂も驚いているのではないか。いや、彼なら喜んでいるか。

視覚と聴覚が駄目な今、残るのは触覚だけだった。味覚が役に立つわけはなく、嗅覚《きゅうかく》も部屋に籠《こも》った黴臭《かびくさ》さが分かるくらいである。姫も加夏も香水はつけていない。男性二人からもオーデコロンの匂いなどはしなかったと思う。

Cの隅で転子は、まさに角っこに右手を置いていた。身体はDの隅の加夏に向けているが、斜めに傾いている。よって背中は斜に構えた状態で、Bの隅の茂に晒《さら》していることになる。もちろん彼には、それが見えない。ただ、BからCへと壁伝いで進んで来た彼が触れるのは、彼女の背中ということになる。

その瞬間をじっと待つだけなんて、ぞっとする……。

茂が嫌いなわけではない。相手が彼と分かっていても、この暗黒の世界でいきなり背中を触られることが、やっぱり嫌なのだ。

参加するんじゃなかった……。

エンボス加工の壁の凹凸をなでながら、転子は心底から後悔していた。六人目が現れるかどうかという問題以前に、こんな真っ暗闇の中に我が身を置くことが、何と言ってもたまらなく厭《いと》わしい。

まだ今なら中止できるかも……。

五人の輪は一周していない。これが一度でも回ってしまったら、もう後戻りはできなくなる。しかし今なら「私、止めます」と言って、この闇の世界から抜け出すことが可能ではないか。

すみません。やっぱり私には無理です。

頭の中で、そう言ってみる。だが、言葉にすることができない。目が見えなくなったように、口まで喋《しゃべ》れなくなった感じがする。

いいわ。生真面目に断わる必要なんかない……。

勝手に持ち場を離れるのは良くないと思う。とはいえ所詮《しょせん》は遊びではないか。それもほめられたものではない、降霊術まがいの行為なのだ。

こんなこと遊び半分でしちゃいけない。

本心から反省すると同時に、これ以上この場に佇《たたず》んでいるのが、転子はたえられなくなってきた。

もう限界だ……。厭《いや》だこんなの……。

そのとき、後ろのほうで何かを感じた。斜めに向けた背中の後方で、微《かす》かな気配を察したような気がした。

した、した、した……。

何かが近づいて来る。かといって足音はしない。空気の揺らぎもない。ただ、何かが自分に向かって来るのは分かる。

部長？

もちろんそれは茂に違いない。電灯のスイッチを消した健太郎がAの隅に戻り、次いで姫がBの隅へと進んで、そこで茂にタッチした。だから今、彼はCの隅へやって来ようとしているのだ。

した、した、した、した、した……。

でも、こちらに近づいて来るそれの気配を背中で感じとった転子は、とてつもなく怖くなった。

部長だ……。戸村さんだ……。戸村茂なんだ……。

懸命に自分に言い聞かせるが、まったく効果がない。必死に彼の顔を思い浮かべる。しかし、それが頭の中でぐにゃっと歪《ゆが》み、たちまち恐ろしい化物へと変化する。

逃げなきゃ……。

と思うのだが、その場に根が生えたように足が動かない。ならば、せめて背中をぴったりと壁につけたい。近づいて来るそれに向けて晒している状態には、どうしても我慢ができない。だが身体は、ぴくりとも反応しない。

ひた、ひた、ひた、ひた……。

と、明らかに気配が変わった。もう、すぐ側まで来ている。転子が背中を向けた後ろに、それが辿《たど》り着かんとしている。

厭だ……。

思わず全身に力が入る。変に両肩が強張《こわば》る。それでいて身体が小刻みに震えた。角の壁に寄りかかりながら、そのまま蹲《うずくま》りたいと思う。なのに身体が動かない。

ぺた……。

冷たい何かが首筋に触れた。

ひぃぃ……。

声にならない悲鳴が頭の中で響き、ぞわぞわっと背筋が粟立《あわだ》った。

ところが次の瞬間、信じられないことに転子は動き出していた。右手を壁に這《は》わしたまま、Dの隅に向かって歩きはじめた。

身体が自然に反応してしまった……。

そうとしか言いようがない。茂から繰り返し儀式の段取りを説明されていたため、とっさに自分の役目を果たさなければと感じたのだろう。

さっきのは、部長の指？

まだ首筋に違和感が残っている。おそらく彼は右手を壁に当て、左手を伸ばした状態でCの隅を目指したのだ。その指先が、ちょうど彼女の首に触れた。そう冷静に判断することはできる。

でも、冷たかった……。

ゆっくり歩を進めながら、なおも転子は震えていた。夏とはいえ地下室にいるためか、いつしか身体が冷えてしまっている。だから茂の指も冷たかった。もしかすると彼のほうも、ひんやりとした彼女の首筋に触れ、ぞっとしたかもしれない。

歩きはじめると、今度は床の冷たさが足の裏から伝わってきた。足を踏み出すたびに、ぞくぞくっとする寒さが足元から這い上がってくる。

何歩くらいで、Dの隅に着くのかな?

部屋はとても大きかった。普通に歩いても角から角まで、十歩はかかりそうだった。しかし今は、歩幅が非常に小さくなっている。そのため二十歩以上はかかる気がする。

きっと姫も部長も、そうだったんだ。

明かりが消えてから茂が転子のところに辿り着くまで、かなりの時間が経過した感覚がある。おそらく二人とも、真っ暗闇の中でつい足がすくんでしまい、それで蝸牛《かたつむり》のような歩みしかできなかったのだ。ちょうど今の彼女のように。

まったく何も見えない暗黒の世界では、一歩でも前に出るのが怖い。あらかじめ部屋の中が空っぽであることは知っている。そのうえ壁に片手をつき、部屋の隅から隅へ移動しているだけだと分かってもいる。

なのに、前へ進むのが恐ろしい……。

真の闇が人間のあらゆる感覚と機能を麻痺《まひ》させることを、転子は嫌というほど実感していた。

もう半分は過ぎたかな……。

ずいぶん歩いたような気がする。歩数をカウントしていなかったので、どれほど歩いたのか分からない。

加夏先輩に突然ぶつかったら……。

きっと悲鳴をあげてしまう。そう考えた転子は、そろそろと左手を前に伸ばした。ただ、ピンと肘《ひじ》まで張るのはためらわれる。何かとんでもないものに触れてしまいそうで、とても無理だ。そんなものが自分と加夏の間に存在していないことは承知している。でも、どうしてもできない。

ほとんど左腕の腋《わき》を閉じ、前腕だけを上にあげ、やや左の掌《てのひら》を広げた状態で、転子は壁伝いに歩き続けた。

そのうち、Dの隅で自分を待っているのは本当に沢中加夏なのだろうか、という疑いがふと頭をもたげた。

もちろん、加夏先輩よ。

慌てておのれに言い聞かせるが、いったん芽生えた疑心は消えない。確かに明かりが消える寸前まで、Dの角には加夏が立っていた。とはいえ、そこに今も彼女がいると、どうして断定できるのか。部屋の中は真っ暗である。もし加夏が何かと入れ代わっていても、それを知ることは無理なのだ。

これから自分が触るのが、もし加夏先輩じゃなかったら……。

さらに歩みが遅くなる。次第に左腕が下がってゆく。とんでもないものに向かって進んでいるような気がして、急に吐き気を覚える。

伸ばした手が触れたのが、もし加夏先輩じゃないと分かったら……。

ひょっとすると自分は、気が変になってしまうのではないか。そのまま一生、この暗闇と同じ世界で過ごすはめになるのでは……。

何を馬鹿なことを――。

先ほどは近づいて来るのが戸村茂だと分かっていても、とてつもなく怖い思いをした。当たり前だ。真っ暗な中でじっと待ち、やって来た彼に身体を触られるという状況が、どう考えても楽しいはずがない。

沢中加夏に対しても、結局は同じなのだ。今度は自分が暗闇の中で動き、彼女に近寄って行き、そして触れなければならない。これはこれで恐ろしいのが当然ではないか。

この先にいるのは、加夏先輩なんだ！

転子は心の中で叫ぶと、ぐいっと左手を前に伸ばした。自分に勢いをつけて、このまま一気に残りの数歩を進んでしまうつもりだった。ただ、ちらっとある思いが頭の中を過《よぎ》ったのは確かだった。

左手の指が先輩に触れたとき、できるだけ身体は離れていたい……。

加夏ではない何かに万にひとつも触ってしまう恐怖が、心の奥底に完全には消えずに残っていた。

むぬ……。

突然、左手の中指と薬指が、冷たくて柔らかいものに触れた。

ううっ……。

その感触の気色悪さに、転子は思わず呻《うめ》き声を飲みこんだ。と同時に、前方の空気が揺らいだ。それは、まるで誰かがとっさに悲鳴をこらえた、そんな一瞬の気配のようなものに思えた。

やっぱり加夏先輩だった……。

本当のところは分からない。ほんの少し指先が触れただけである。たとえ相手の身体をなで回すことができたとしても、誰であるか判断するのは無理だろう。

だが転子は、今のは加夏だったのだと少し安心した。なぜなら相手の怯《おび》えた匂いが、確かに伝わってきたからだ。

先輩も怖いんだ。

そう思うと、少しだけホッとできた。近づいて来るのが誰かは理解していても、真っ暗な中で触られるのを待ち続けるのは、精神的にかなりきつい。

もう姫のところに向かったかな？

いったん引っこめていた左手を、再び恐る恐る伸ばす。壁に触れた。そのまま右手を這い進めると、Dの角を両手で確認することができた。

長かった……。

CからDへの移動がこれほどかかるとは、転子は予想もしていなかった。

じっと耳をすます。何の気配もしない。みなの移動が遅い証拠ではないか。果たして一周するのに、いったい何分かかるのか。このままでは茂が言っていたような、ぐるぐる回り続けて、この部屋の空気が、気配が、緊張が、最高潮に達する瞬間など、いつまで経ってもあり得ないのではないだろうか。

それなら、そのほうがいい。

盛り上がらないまま儀式が終わることを、転子は望んだ。そんな状態が続けば星印の人が誰であれ、しびれを切らして輪から離れるかもしれない。すると五人の循環も途切れて、この暗闇の中の遊戯も終了となる。

良くない。こんな遊びは絶対に良くない……。

実際にやりはじめてみて、そう強く感じる。わざわざ暗黒の世界に我が身を置いて、そこにいる五人以外のものの出現を求めるなど、正気の沙汰《さた》ではない。

した、した、した……。

考え事をしているうちに、背後であの気配を感じた。

部長……？

先ほどよりは、ちょっと早いような気がする。

した、した、した、した……。

二周目なので、少し慣れたのだろうか。だけど待つ身の怖さは、まだまだ減じることがない。

ひた、ひた、ひた……。

やっぱり速い。近づいて来る速度が、最初とは明らかに違っている。

とん、とん……。

今度は背中を軽くたたかれた。茂には見えているのかと驚いたが、きっと腕を伸ばした状態で、ずっと手首を上下に動かしていたのだろうと察しをつけた。

後ろから近づいて来る気配を感じ、身体に触られる瞬間を待つのは嫌だったが、転子は二回目も自然に歩き出していた。そのうえ先ほどに比べると、なんだか自分の歩幅も広くなっているような気がする。実際に一周目よりも、伸ばした手の先が加夏に触れたのは早かったと思う。

転子が四角形の輪のはじまりであるAの隅から、最初に茂が待機したBへと移動し、そして自分がいた場所のCへと戻ったあたりで、五人の循環の流れにリズムが出てきた。四隅の角から角へ進むにつれ、みなが暗闇での動きに慣れはじめて歩行が速くなり、暗がりの中のリレーが活気づき出した。

こんなふうになるなんて……。

漆黒の闇に我が身を浸した恐ろしさから、そのうち身動きができなくなって、やがて輪の循環は止まってしまう……そう転子は希求した。なのに、むしろ活発化している。誰もが憑《つ》かれたごとく、暗黒の四隅を回り続けている。

それでも、みなの足音までは聞こえなかった。ただ、部屋の中をぐるぐるぐるぐると動くことによって起こる空気の揺らぎが、次第に察知できるようになる。しかも、それが濃くなってゆく。と同時に背後から近づいて来る茂の気配も、段々と変化しはじめる。

遠くのほうから、した、した、した……と感じていたのが、いつしか、ひた、ひた、ひた……と響き出し、それが近づくにつれて、ぴた、ぴた、ぴた……と聞こえてくる。まさに床の上を裸足《はだし》で歩いている足音が、ちゃんと耳でとらえられるのだ。

気がつくと無言の狂騒が、真っ暗な闇の空間で渦を巻いていた。

それは一種の輪舞であり、死の舞踏と呼べるものだったかもしれない。

自分の身体に触られた瞬間、今いる隅から先の隅まで素早く移動し、そこで待つ次の人に触れる……という行為を繰り返す。何度も同じことをしているうちに、徐々に意識が朧《おぼろ》になってゆく。なぜこんなことをしているのか、その意味が分からなくなる。でも、止められない。止めてはいけないと思う。触ってくる人がいる限り、自分も同じようにする必要がある。それを中断するなど、絶対にあってはならない。

今、どこにいるんだろう？

そのうち転子は、自分がAからDのどの角に立っているのか、まったく分からなくなってしまった。

四周目くらいまでは、なんとか認識していたと思う。それが次第に曖昧《あいまい》になり、もう何周目になるのか数えることも能《あた》わず、気がつくと四角形の輪の一部と化している。五人の循環を途切れさせないように、ひたすら移動し続けている。

自分たちはエッシャーの絵のような、現実にはあり得ない世界に迷いこんだのではないだろうか。

転子はそんな想像をした。

歪《いびつ》な四角形の水路を永遠に流れ続ける水――。

昇降のどちらを繰り返しても永遠に続く階段――。

ただし、エッシャーの絵の水路や階段は、あくまでも静かに無限の循環を繰り返しているごとく見える。

それに比べて今、四隅の間で描かれている輪には、次第に狂気の匂いが漂いはじめており、とんでもない暴走が起こりそうな恐怖さえ覚える。

けれど、どうしても止めることができない。禁断の赤い靴をはいたがために、いつまでも踊り続けなければならなかった少女と同様、両方の足首を切断でもされない限り、この暗黒の輪舞に終わりはないのかもしれない。

かなり朦朧《もうろう》とした意識の中、四辺のいずれかの壁沿いに歩を進めていた転子は、突如として新たな気配——空気の動き——のようなものを感じ、ビクッとした。それは順調に回り続けている五人の循環において、明らかに異質な何かだった。

あっ、星印の人が輪から離れたのかも……？

ほとんど最高潮に達したといって良い状況である。その人物も同じように判断したのではないか。

今に輪が途切れる？

伸ばした指先が加夏の背中に触れる。ということは、彼女は星印の人ではなかったわけだ。健太郎か、それとも姫か、はたまた茂か。

ところが——

しばらくすると茂に肩をたたかれた。

えっ、まだ続いてるの？

意外な思いを抱いたまま次の角まで早足で歩くと、やはり左手が加夏に触れる。

また一周したんだ……。

しばらく経つと、何事もなかったように茂が背にタッチする。

まだ？

先を急ぐと、そこにはやっぱり加夏がいる。

…………。

しばらくして——

ひた、ひた、ひた……。

後ろから茂の気配がしたところで、ふと転子は思った。

これって、本当に部長なの？

もし星印の人が輪の外に出ていたら……、そしてその人物が戸村茂だったとしたら……、
たった今、こちらに近づいて来る気配は、彼ではないことになる。

六人目……。

そんな馬鹿なという思いと、この雰囲気では出て来ても不思議ではないという感覚が、彼女の中で鬩《せめ》ぎあう。

ぴた、ぴた、ぴた……。

そうこうしているうちに朧気だった気配が、確かな足音へと変わりはじめた。

厭《いや》だ……。

それに触れる瞬間を想像した転子は、思わず首をすくめた。

べたっ……。

茂とは違う――と首筋で感じたとたん、悲鳴をあげそうになった。辛うじて我慢すると彼女は歩き出した。

わ、分かんない……。

六人目が現れたと考えたからこそ、彼の感触とは異質だ、という気がしただけかもしれない。意識さえしなければ、きっとこれまで通りに反応していたのだ。

これまで通り？

もし星印の人が加夏だったら、どうだろう。この暗闇の先の角で待っているのは、彼女ではないことになる。

六人目……。

伸ばした左腕だけに、ぞっと鳥肌が立つ。

厭だ……触りたくない……。

しかし、ぐるぐると闇雲に回り続けて得られた勢いを、今さら転子だけの意思の力で止めるのは不可能だった。頭では進みたくないと嫌がっていても、身体はどんどん前へと出て行ってしまう。

やがて――

左手の指先が触れたところで、転子の全身が総毛立った。

加夏先輩じゃない！

とっさに否定した理由が分からなかったが、すぐに「あっ」と叫びかけ、それを飲みこんだ。

服の触り心地が違うんだ！

細かい差異までは説明できないが、指先に残る感触が、これまでの加夏のものとは異なっているように思える。

それとも気のせいなの……？

ただ、時間が経つうちに自信がなくなってゆく。

もう一度だけ触れば分かる？

と考えながらも、二度と厭だという気持ちもある。

ぴた、ぴた、ぴた……。

恐るべき疑惑に苛《さいな》まれているうちに、またしても一周して茂が近づいて来た。

そう、これは部長だ。

間違いないと確信する。もう怖いとは感じない。背中にタッチされると同時に、転子は歩き出した。

そして二度目の接触を果たしたとたん――

やっぱり違う……？

と感じるやいなや、その場でガタガタと震え出した。もう少しで座りこんでしまうところだった。

私の前にいるのは、加夏先輩じゃない……？

だが、冷静に考えようとすると、たちまち曖昧になる。触った瞬間の感覚が、急に遠のいてしまう。

もう少し長く触ってみたら……。

相手が加夏かどうか、おそらく分かるに違いない。どんな衣服なのかを確かめるのだ。

彼女はノースリーブのブラウスを着ていた。薄いピンクの生地で、おそらく素材は綿ではないか。

ぴた、ぴた、ぴた……。

衣服のイメージを思い浮かべていると、茂がやって来た。彼のタッチには、まったく不安はない。

歩き出すと、急に心臓の鼓動が、ドクッ、ドクッ……とうるさく聞こえ出す。手足の先は冷たいのに、顔が火照ったように暑い。腋《わき》の下にも、じっとりと汗をかいているのが分かる。

壁の半分は過ぎた？

右手でエンボス加工の凹凸をなでながら、左手をそろそろと前に伸ばす。しかし、触って確かめるのであれば、利腕のほうが良いのではないかと迷う。

でも、今までは左手だった……。

同じ指先でなければ、比較することは難しいかもしれない。覚悟を決め、さらに腕を伸ばして歩を速めた。

もうすぐ次の角に着く――。

そこで待つ人物に左手が触れる――というときだった。

部屋の中で声が聞こえた。

ついに星印の人が、願い事を口にした！

転子は即座にそう思った。が、その言葉の意味が、まったく理解できなかった。

「たどさいこのうらみをはらしてください……」

そして次の瞬間――

うぐっ……という苦し気な呻《うめ》き声があがったかと思う間もなく、ドサッという何か重いものが倒れた物音が、真っ暗闇の中で鈍く響いた。

六　はじまり……

しばらく、しーんとしたあとで、囁《ささや》くような茂の声が聞こえた。

「お、おい……」

「どうかしたのか」

少しの間があって、

「今、誰か喋《しゃべ》ったな……」

健太郎が答えた。

「だ、誰だ……？」

茂が微《かす》かに震えた口調で問いかけると、まるで彼に応《こた》えるように空気が揺らぎ、ぞっとした転子は思わず、

「六人目じゃないんですか……」

そう口走っていた。

とたんに無気味な静寂が、再び室内に満ちた。地下の納骨堂を思わせる重苦しく寒々と

した雰囲気が、たちまち広がりはじめた。

やがて――

「か、か、加夏……？」

かすれた茂の声が聞こえた。しかし、いつまで経っても返事がない。

「姫ちゃん？」

「はい……」

すぐ声がした。

「点子ちゃん――、さっきの声は、君？」

「そうです……」

どうしてあんなことを言ったのか、転子にも分からない。そのため事実を認めただけで、あとが続かない。

「健太郎、いったい……」

「明かりをつけたほうがいい」

まぶしい光が、急に転子の左手の方向で輝いた。見ると、茂が懐中電灯の明かりで室内のあちこちを照らしている。

「あっ……」

その光明が一瞬、部屋の中央で倒れている誰かの姿を映した。

「あ、明かりを……。早く……、て、点子ちゃん！」

茂が懐中電灯を向けた先に、地下室の電灯のスイッチが浮かび上がっている。それを目にした転子は、ようやく自分がDの隅に立っているのだと気づき、慌ててスイッチに駆け寄った。

薄暗い明かりが点《とも》る。

Aの隅には田崎健太郎が、Bの角には今川姫が、Cの地点には戸村茂がおり、Dの位置から移動した転子は、扉の側に佇《たたず》んでいる。

その四人が見つめる部屋の中心には、半ば蹲《うずくま》るような格好で床の上に崩れた、沢中加夏の姿があった。

「加夏！　どうした？」

最初に動いたのは茂だった。彼女の側まで行くと床に膝《ひざ》をつき、肩に手を置いて軽く揺する。

「おい、大丈夫か」

しかし、加夏はピクリとも反応しない。

「まさか……」

健太郎が小さく叫ぶと、慌てて茂に合流した。彼から懐中電灯を取り上げ、しきりに彼女の様子をうかがっている。

そのとき、明かりに照らされた加夏の顔がちらっと浮かび上がり、もう少しで転子は叫びそうになった。

とてつもなく恐ろしい何かを見たような……

とんでもないものと真っ暗闇の中で出会ってしまったような……

そんな驚愕《きょうがく》と戦慄《せんりつ》の表情が、彼女の顔に貼りついていた。

「これは、まずいぞ。早く――」

それから二人は、転子には聞こえない小声で話し出した。だが、すぐに何やらもめはじめた。ぐったりした加夏を巡り、言い争っているように見える。

視線を移すと、薄暗い明かりの下でも認められるほど、とても青い顔をした姫と目が合った。おまけに彼女は、ブルブルと震えていた。

「救急車だ」

突然、健太郎に言われた。

「えっ……」

とっさに反応できずにいると、

「何をしている？　早く救急車を呼ぶんだ！」

ようやく我に返った転子は廊下に飛び出すと、急いでサンダルをつっかけ階段を駆け上がり、とっさに寮母の部屋へと走った。

「貴子さん！　大変です！　加夏先輩が――。救急車を呼んで下さい！」

部屋から出て来た彼女に、地下室で加夏が倒れた事実だけを知らせると、すぐに一一九番に電話してくれた。

月光荘に救急車が到着してからは、まるで夢を見ている気分だった。すべての出来事に実感がともなわず、目の前で繰り広げられる騒動を、ただ何もできずに傍観しているに過ぎない。自分が関わっている気が、まったくしない。

救急隊員は加夏を診ながらも、茂から一通り状況説明を受けると、AED（自動体外式除細動器）を彼女に施した。その間も加夏の顔は、恐ろしい形相に歪《ゆが》んだままだった。何の変化も得られないまま、救急隊員は彼女を担架に乗せて地下室から運び出し、手際良く救急車に収容した。

同乗できるのはひとりだけのため、付き添いは茂が務めることになった。

「病院に着いたら、まず僕の携帯に電話するんだぞ」

健太郎が何度も言い聞かせ、なんとか茂に理解させている。だが、当人は分かっているのかいないのか、まったく心許《こころもと》ない反応しか示さない。

すぐに救急車が走り出し、あとには健太郎と姫と転子、それに寮母だけが残された。

「沢中加夏の実家は――、連絡先は分かりますか」

ホールに戻る途中、健太郎が寮母に問いかける。普段の無口でのっそりした態度から考

えられないほど、しっかりした口調である。対照的に寮母はおろおろしながら、

「寮生の連絡用名簿を見れば、きっと載ってると思うんですけど……」

「そんなに危ないんですか、加夏先輩？」

恐る恐る姫が尋ねる。

「ああ……」

健太郎の返事に思わずうつむいた転子は、自分がサンダルの片方を間違えてはいている
ことに、ようやく気づいた。

嫌だ、これって加夏先輩の……。

誰のサンダルか分かったところで、ぞくっと背筋が震えた。だが次の瞬間、健太郎の信
じられない言葉が耳に入り、ハッと顔をあげた。

「加夏は死んでいた」

「そんな……」

そう言ったきり、姫は絶句している。

「口と鼻は、息をしていなかった。心臓も止まっていて、手首の脈もなかった」

「ど、どうして……ですか」

「それは、僕にも分からない。あくまでも第一印象だけど、いきなりショック死したよう
な感じが、彼女にはあった」

短いながらも鋭い悲鳴が、姫の口から漏れた。

「で、でも、救急隊員の人たちは、あの機械で――」

加夏を助けようとしたではないか、と転子が言いかけると、

「AEDだろ。あれで彼女の心拍停止が、元に戻ったのかどうか……」

「………」

「あのときと同じ――」

ぼそっと姫がつぶやくと、

「だから今回は、すぐに救急車を呼んだんだ」

すぐに健太郎が応じた。

二人のやり取りの意味が分からず、転子は尋ねようとした。しかし、そんな彼女をあたかも避けるように、

「寮生の連絡用名簿のことですが――」

健太郎は寮母と話し出した。

そこに男子寮のほうから寮監が現れた。その姿を目にしたとたん、姫は息を飲み、健太郎は溜息《ためいき》をつき、転子はその場の雰囲気がさらに重くなるのを感じた。

「あっ、大変なんですよ」

変人の登場を喜んだのは、どうやら寮母だけらしい。

彼女から要領を得ない話を聞いた彼は、無言のまま健太郎をねめつけている。しばらく二人のにらみ合いが続いたあと、健太郎は諦《あきら》めたように、今夜の出来事をかいつまんで話しはじめた。

四隅の間の説明と、それから何が起こったのかを健太郎が口にしている間、寮母は恐れ慄《おのの》き、姫は呆然《ぼうぜん》とした表情をし、転子は二の腕に鳥肌を立てていた。寮監だけが苦虫を噛《か》み潰《つぶ》したごとく、しかめっ面のまま動じない。

「お前らは――」

健太郎の話が終わったところで、寮監は何か言いかけたが、

「待って下さい。今は内輪でもめてる場合やないです」

姫が二人の間に割って入ると、うっ……と唸《うな》ったきり黙った。

「ご家族への連絡ですが……」

寮母が恐る恐る口を開く。

「沢中の家族には、そっちから連絡しろ。俺は大学に連絡を入れる」

吐き捨てるように指示しただけで、寮監は男子寮へと戻って行った。

「言われなくても、そのつもりだ」

健太郎が珍しく憎々し気な口調で応じ、

「姫ちゃんがいて良かった……」

寮母が心から安堵《あんど》する調子でつぶやいた。

「何があったの？」

その寮監と入れ代わるように、女子寮から尾田間美穂が現れた。

「救急車の音が聞こえたんだけど」

「あっ、美穂先輩……」

姫が答えようとしたが、あとは涙声になって満足に喋《しゃべ》れない。

「ちょっと田崎君、どうしたっていうのよ？」

美穂は異変を察したのか、同じ三年生の健太郎に顔を向けた。だが、なぜか急に普段の無口な態度を取り戻した彼は、

「ああ……」

呻《うめ》くような返事をしただけで、うつむいてしまった。

寮母も見るからに取り乱しているためか、自然に美穂の視線が転子に向けられる。そこで仕方なく彼女が事情を説明すると、

「ちょっと田崎君、あなたたち――」

たちまち美穂の表情が険しくなり、あからさまに非難する目で健太郎を見すえ、次いでその視線を姫にもあびせた。

ただし、彼女の顔つきは一瞬で崩れた。すぐ心配そうな様子で、

「加夏は大丈夫なの？」

「いや……」

「いや――って、どういうこと？」

「地下の部屋で、もうすでに事切れていたと思う」

健太郎の言葉に絶句した美穂は、慌てて携帯を取り出した。

「どこにかける？」

「戸村君に決まってるでしょ」

「あいつは今、救急車で病院に向かっているところだ。携帯は止めておいたほうがいい。病院が分かれば、あいつから電話が入るから。少し待つしかない」

「――そうね」

納得したようには見えなかったが、他にどうしようもないと思ったのだろう。美穂は素直に携帯をしまった。

「どうしたんすか」

そこへ男子寮のほうから、今度は畑山佳人が現れた。

「なんか変人が、ドタバタうるさくって――」

そう言いながら全員の顔を見回したあと、

「まさか本物の幽霊が出た……とか」

全員がハッと身じろぎした。すかさず健太郎と美穂が、険しい眼差《まなざ》しで彼をにらみつけたが、本人はいたって呑気《のんき》そうに、

「だって今夜は、百怪倶楽部の夏の特別活動があったんでしょ？　戸村部長に、君にも出てもらうかもしれない——って、事前に言われてたんすよ。でも俺、昨日は探偵小説研究会の犯人当てで朗読の役があったし、今日はミリタリー・クラブの備品の手入れをする約束で、明日は性風俗同好会の——」

「あなたが忙しいのは分かったわよ」

美穂がいらだたしげに佳人の喋りをさえぎった。

「はぁ……」

なぜ自分が怒られたのか分からず、彼はキョトンとしている。

「ちょっと、こっちに——」

見かねた寮母が、佳人を談話室のひとつに引っ張って行った。きっと加夏のことを手短に説明しているのだろう。しばらく、ぼそぼそとした話し声が続いたが、

「ええっ！　マジっすか」

佳人の大声が聞こえたと思ったら、彼だけが衝立《ついたて》の裏から出て来て、

「それで加夏先輩は？」

健太郎も美穂も何も答えないので、仕方なく転子が、

「まだ病院に着いていないみたい」

「うーん……」

とっさに言葉が出ないのか、しきりに佳人は唸っている。

「こんなところに立っていても、何ですから——」

寮母にうながされ、ホールから談話室へと移動する。そこには彼女が用意したらしい湯飲みが、人数分ちゃんと置かれていた。

温かい茶を飲んでいるうちに、みなが少しずつ落ち着きはじめたのが、転子にはよく分かった。姫も今は泣き止んでいる。先ほどまで覚えていた恐怖感も、ずいぶんと薄らいだ気がする。

そのときだった。

「あれ——っすかね？」

佳人が首をかしげながら、

「戸村部長が説明してた、例の四隅の間っていう儀式で、ほんとに悪魔を呼び出してしまった——ってことになるんでしょうか」

その場の空気が、とたんに変わった。ピンッと緊張の糸が張られただけでなく、ぞわぞわっとした得体の知れない何かに、瞬く間にまわりを取り囲まれたような、そんな嫌な雰囲気が広がった。

もっとも佳人自身には何の悪気もないらしく、のほほんとした表情をしている。

「その悪魔に加夏先輩は、真っ暗な中で出会《でくわ》してしまって――」

「止めなさいよ！」

美穂が叫んだ。

「加夏は死ん……死ぬかもしれないのに、よくそんなことが言えるわね」

「す、すんません。俺は何も……」

無気味な「チューブラー・ベルズ」のメロディが、急に鳴り響いた。みながビクッと反応を見せる中、健太郎がおもむろに携帯を取り出す。オカルト映画「エクソシスト」のテーマ曲が、彼の携帯の着信音らしい。

「はい。ああ……。そうか、分かった。うん……、うん……、それじゃ――」

全員が健太郎を見つめる。

「茂からだ。沢中さんは助からなかったそうだ」

ある程度は覚悟していたといえ、みなの間に重苦しい沈黙が降りる。だが、それが次の彼の言葉で、よりいっそう重たくなった。

「救急隊員が地下に駆けつけたとき、やっぱり彼女は、もう死んでいたらしい」

七　百物語

沢中加夏の死因は心臓麻痺《まひ》だった。ただし彼女が以前から、何らかの持病を心臓に抱えていたわけではない。

ショック状態による心不全——それが医者の診断だという。

その日の夕方、秋田の実家から加夏の両親が駆けつけた。遺族への対応は大学側がすべて行なうと言われ、信じられないことに転子たちは、お悔みを述べる機会さえ与えられなかった。

ただひとり戸村茂だけは百怪倶楽部の部長として、彼女の両親と面談した。死ぬ間際の彼女の様子を伝えるために。

ところが、そのときの大学側の説明が、「部活で怪談会をしていたら、彼女が急に倒れたので病院に運んだが、すでに死亡していた」というものだった。当初は怪談会の場所を「ホールの談話室」と偽ることとさえしたらしい。茂が「地下室でやっていました」と認めたため、慌てて「まだ詳細な事情を聞いていない」と誤魔化したという。

もちろん警察の事情聴取も行なわれたが、医学的に見て不審な点がまったくないことから、事件性はないと判断された。

加夏の両親は結局、大学側の説明を受け入れるしかなかったのだろう。彼女が亡くなった地下室で線香をあげると、娘の遺体を引き取って秋田に戻って行った。

その後、大学からは百怪倶楽部を解散するよう——正式な部ではなかったが——勧告された。

以上の経緯を四日の夜、ホールの談話室のひとつで、転子たちは茂から聞かされた。

「酷《ひど》いやないですか、大学の対応は——。加夏先輩のご両親がかわいそうやわ」

怒りながらも、姫の口調はしんみりしている。

「スキャンダルを恐れてるんだよ。新聞に載らなかったのも、きっと素早く手を回したからだ。怪し気な部活の妖《あや》し気な儀式の最中に、女子大生が死亡したなんて知れたら、マスコミの格好の餌食《えじき》になるからな」

「正式発表は?」

健太郎が尋ねた。

「部活中の病死……」

「そうか……。で、月光荘を閉める話も出たんじゃないのか」

言われて思い出したのか、茂は難しい顔で、

「ああ。俺の前では話さなかったけど、その検討をしている雰囲気はあった。ただでさえ寮生が減ってるのに、これでまた減るだろうからな」

「おそらく――」

「日光荘に空きがあるみたいだから、こっちの人数を受け入れられると分かったら、ここは閉鎖するんじゃないか」

「月光荘がなくならんでも、うち、寮を出ます」

宣言するように姫が言った。

「もう、ここで暮らすんは無理です」

「ああ」

茂は短く応じると、急に居住まいを正して、

「不本意だけど、百怪倶楽部は今夜をもって解散します。それで……最後にあの地下室で、加夏の冥福《めいふく》を祈りたいんだけど、どうかな？」

健太郎は天をあおぎ、姫は逆にうなだれた。

この様子を見て転子は、なぜか二人が乗り気ではないことに気づいた。しかも、それは加夏の供養を言い出した茂も、実は同様ではないかと思えてならない。

少しの間があって、

「もちろん――」

「うちも先輩のご冥福を……」

　健太郎と姫が続けて賛同し、慌てて転子も首を縦にふった。

　一列になって薄暗く急な階段を降りる。茂が廊下の明かりをつけると、手前から奥に向かって四つの扉が現れる。ただし点《とも》っている電灯がひとつだけのため、三つ目と四つ目の扉は半ば暗闇に隠れている。

　茂が最初の部屋の扉を開けたとたん、ふっと線香の匂いがした。

「貴子さんが毎日、お参りしてくれてるみたいだな」

　部屋の中に入ると、中央に線香立てと菊が活《い》けられた花瓶が安置されていて、その前に果物や飲み物が供えられている。

　転子たちは横一列になって蹲《しゃが》むと、両手を合わせた。経を唱える者はなく、みなが無言である。

「そろそろ戻るか」

　茂の声に転子が顔をあげると、あとの三人はすでに立っていて、今すぐにでも部屋を出る雰囲気だった。

「あのう……お話があるんです」

「うん？　ああ、それじゃ上で──」

　そう言いながら茂は扉に向かいかけたが、

「いえ、ここで――」

という転子の言葉を耳にしたとたん、物凄《ものすご》い勢いで振り返った。

「なんだって？」

「ですから、ここでお聞きしたいんです」

健太郎と姫も立ち止まり、転子の顔をまじまじと見つめている。

「いったい何を？」

「私だけが知らない何かを――です。それが、どんなことか見当もつきませんけど、おそらく百怪倶楽部の過去の――去年のでしょうか――活動についてだと思います。そのときの活動場所は、ひょっとするとここじゃないんですか」

ホールの地下室で四隅の間の儀式を執り行なうと聞かされたときの沢中加夏と今川姫の反応、一日の深夜になって地下に降りたときの二人と健太郎の態度、さらに加夏の死によって交わされた健太郎と姫の奇妙な会話――などから、いつしか転子は自分には知らされていない、百怪倶楽部の秘密があるのではと疑うようになった。ただ、普通に訊《き》いたのでは教えてもらえそうにないため、ふさわしい状況が訪れるまで、じっと我慢していたのである。

そして今が、まさにそのときだった。

「な、何か勘違いしてるんじゃないか」

否定しながらも、茂は決して目を合わそうとしない。

「そうでしょうか」

「それに百怪倶楽部は、もう解散したんだ」

「だから関係ないと言われても、私には——」

「仮に何かがあったんだとしても、君には関係ないだろ！」

怒気をふくんだ茂の声が、地下室の薄暗い空間に響いた。

「話したほうがいい」

「えっ……」

健太郎の言葉に茂が驚いていると、続けて姫も、

「うちも、そう思います」

「けどな——」

「点子ちゃんが調べる気になれば、いつまでも隠せへんはずです。それに彼女だけ知らへんのは、不公平やないですか。同じ部員やのに……」

「百怪倶楽部はなくなったって、さっきから言ってるだろ」

「でも、加夏先輩があないなことになって……。点子ちゃんは、ちゃんと知る権利がある思います」

「…………」

黙りこんだまま茂はそっぽを向いていたが、ゆっくりと二人のほうに顔を戻すと、ぽつりと漏らした。

「加夏が死んだのは、あの子の祟《たた》りだとでも言うつもりか」

健太郎がうなだれ、姫がハッと身体を強張《こわば》らせた。そんな二人を茂は交互に眺めていたが、やがて転子に顔を向けると、

「上で話そう」

さっさと地下室から出て行ってしまった。

健太郎に身振りでうながされ、転子も姫もあとに続く。

階段を上がる転子の心境は、とても複雑だった。やっぱり自分の知らない秘密があり、それを教えてもらえることになったのは良《い》い。だが、何やら厭《いや》な予感がする。

あの子の祟り……って、どういうこと？

想像以上にとんでもない話を聞かされるのでは……。わざわざ知る必要などなかったと後悔するはめになるのでは……という気がしはじめる。

けど、今さら後戻りはできない。

先ほどまでいた談話室の同じ席に、四人はそれぞれ腰を下ろした。百怪倶楽部の解散後、こんなに早く同じ顔触れと同席することになろうとは、転子以外の三人——特に茂は思いもしなかっただろう。

その当の茂は、なかなか口を開こうとはしなかった。三人から視線をはずし、ぶすっと黙りこんでいる。

「田士才子《たどさいこ》という部員がいた」

話しにくそうにしている友人を慮《おもんぱか》ったのか、健太郎が話しはじめた。

「去年の新入生で、入埜君と同じ文学部の国文学科に入った」

「美人やったけど、ちょっと変わった子やった」

姫も喋《しゃべ》り出した。

「ゴシック・ファッションが好きでな。いっつも黒い服ばっかり着てた。彼女自身の髪の毛は、茶色っぽくて短髪やってんけど、わざわざロングの黒髪のかつらまで被《かぶ》ったりしてたな」

「面白い子だった」

健太郎がつぶやく。

「そうですけど……やり過ぎなとこもありました。よく外国の映画の葬式シーンで、喪服を着た女の人が黒い帽子から、やっぱり黒いレースのようなもんを垂らしてるやろ」

姫に同意を求められたので、転子は慌ててうなずく。

「あの格好までですんねんよ。さすがに、ちょっとどうかと思うやん。せやからゴスロリとは違うし、ゴシック・ロックのファンいうわけでもないし、ほんまに独自のセンスをしてたとしか——」

「まだ小説や映画のゴシックのほうが、彼女は好きだったんじゃないか」

「ああ、そうですわ。そういう意味では、とても百怪倶楽部向きの子やったと言えますよね。せやから——」

「才子という名前を寮の名札で見たとき、もちろん俺はすぐに思った」

急に茂が口をはさんだ。

「サイコ・ホラーだ——ってな。そう彼女に言うと、嫌がるどころか喜んだよ。だから百怪倶楽部には、あっさり入部したんだ」

茂のことだから、「サイコ・ホラーのサイコさん」と呼ばれたくなかったら倶楽部に入るように——と勧誘するつもりだったのだろう。

「実際、彼女はよく部活に参加した。俺の見たところ、同じ一年生にあまり友だちはいなかったようだから、彼女の交友関係の主だったところは、百怪倶楽部だけだったのかもしれない」

「うちも、そう思います。美穂先輩は、何かと彼女の面倒を見てはりましたけど、学年が違いますから、どうしても寮の中だけになってしもうて」

「だろうな」

相槌《あいづち》を打ったまま、茂が沈黙してしまった。

「去年の夏のことだ」

そこで健太郎が再び話を継ぐと、

「僕たちが一年生のときにも実施した、夏の特別活動をしようと考えた。前の年は、心霊スポットの廃墟《はいきょ》病院で肝試しをした。確かに怖かったが、百怪倶楽部がやるにしてはオリジナリティがなさ過ぎた。もっと誰もやらない、独創的なことはないか。茂と二人で相談した結果、百物語をすることになった」

「それって、怪談会のようなものですよね」

地下室から上がってから、はじめて転子が喋る。

「そうだ。前もって火のついた百本の灯心を用意し、怪談がひとつ終わるごとに、それを一本ずつ消してゆく。そうして一晩かけて、百の怪談を語り明かす。百話目の怪談が終わり、百本目の灯心が消えたあと、何らかの怪異が起こると言われている」

「でも、百物語って……」

「ああ、そうだ。実際の作法をどこまで取り入れるかは別として、中高生や他校の学生が散々やっているのは間違いない」

「じゃあ、完全に作法通りにしたんですか」

「いや、その実行は現代では、なかなか難しい」

「はぁ……」

「用意する百本の灯心にしても、皿に灯油を満たして、そこに放射状に並べ、なおかつ青い紙を貼った行灯《あんどん》の中に入れなければならない。よく蠟燭《ろうそく》と勘違いする人がいるが、百本も点《とも》したら暑くてたまらず、悠長に怪談をするどころじゃなくなる。第一とても危ない。ちなみに灯油も、今のものとは質的にまったく違うものだから、それを知らずに実行すると大変なことになる」

自分の専門分野のためか、次第に健太郎の口調に熱が籠《こも》り出した。

「この行灯を、実際に怪談話をする部屋から数えて、二つ先の部屋に置く。つまり会場とも言える部屋には、一切の明かりがないわけだ。もちろん間の部屋も同じだ。百物語は月暗き夜に行なうべし……と言われているから、月明かりや星明かりも、ほとんど期待できない。そして行灯の横には小さな机を用意し、そこに鏡を立てかける。ここまでの舞台設定を整えてから、参加者たちは車座になり、ひとりずつ怪談をはじめる。一話が終わるごとに、話し手は二つ先の部屋まで行き、灯心を一本だけ引き抜く。それから横にある鏡を覗《のぞ》き、また元の部屋に戻って来る。ただし、真っ暗な隣の部屋を通っているときや鏡を覗きこんだとき、仮に何か妙なものが見えたりしても、決して話してはならない。自分だけの胸に納めておかなければいけない。そもそも百怪倶楽部の百怪とは――」

「おい、いつまで説明を続けるつもりだ」

いい加減しびれを切らしたのか、茂が突っこみを入れた。しかし、そのお蔭《かげ》でようやく彼が喋れるようになったのは、健太郎の手柄だろうか。

「俺たちは結局、あの地下室で百物語をしたんだよ」

「四隅の間の……ですか」

「ああ、あの部屋を百物語の会の場所とした。話を終えた者はそのつど廊下に出て、一番奥の部屋まで行かなければならない。そこには机があって一本の蠟燭が点っており、側にノートがある。その中には参加者の名前が書いてあるので、そこに〈正〉の字を書きこんでゆく。ひとつの〈正〉の字を書き終われば、五つ怪談を話したと分かるわけだ」

「あの部屋の明かりは？」

「真っ暗にしたかったんだけど、それだと廊下に出て帰って来るのが大変になる。屋内で百物語をした場合、どんなに月暗き夜であっても、やがて目は慣れる。しかも二部屋隣とはいえ、灯心の明かりもある。だけど地下室は、点子ちゃんも体験したように、明かりがなければ本当の暗闇になる。だから、それぞれの部屋に蠟燭を一本だけ立てた」

「えっ、廊下は真っ暗だったんですか」

「もちろん」

当たり前のように茂が答えると、横から健太郎が口をはさんだ。

「鏡を忘れている」

「そうだったな。奥の部屋の机の上に、鏡を置いた。ただし一枚ではない。正面と左右にひとつずつ、言わば三面鏡だ。ノートに書きこもうとすると、嫌でも正面の鏡を見るはめになる。そのうえ頭は、左右の鏡の間に入る。すると、どうなる？」

「どう……って？」

「合わせ鏡になるんだ。ただでさえ真夜中に、合わせ鏡を覗いてはいけない……と言われている。それを百物語の最中に、ずっと覗き続けるわけだ」

そこまでする必要があるのか、と転子は思った。もはや怪奇趣向を通り越して、単なる悪趣味のレベルになっている。

「参加者は、俺、健太郎、加夏、姫ちゃん、そして才子だった。五人だから、ひとり二十話も用意しなければならない。だから、それまでの部活で行なった怪談会で、すでに披露している話でも良しとした。また、本屋に並んでいる怪談本をネタに使うのも認めた。舞台となる地下の状況が凄《すさ》まじいだけに、あまり怪談そのものにインパクトは必要ないんじゃないかって、そう考えたからなんだが……」

「予想以上やったわ」

ぽつりと姫がつぶやく。

「うん。何度も耳にしているはずの怪談でも、あの状況で聞くと物凄《ものすご》く怖かった。仮に大した話でなくても、それが何話も続いて重なってゆくと、やっぱり異様な雰囲気を醸し出しはじめるんだ」

「うち、最初に奥の部屋へ行ったときから、もう怖うて怖うて……。何遍行っても、決して慣れるいうことがないんやから……」

そこで姫は、肝心なことを思い出したとばかりに、

「ただでさえ怖いのに、部長が一話目に、あの奥の部屋で自殺したいう社員の怪談なんかしはって、よけいに……」

「本当の話なんですか」

思わず尋ねた転子に、茂はうなずきながら、

「この寮が、元オーディオ会社の社員寮だった——っていう話は聞いてるだろ。表向きは業績の悪化やリストラのせいで、寮を手放したってことになってるけど、実際はこれのせいらしい」

そう言いながら茂は、両手を胸のあたりでぶらんとさせた。

「あ、あの話は……ほんまなんですか」

姫が啞然《あぜん》としている。

「うち、あの場を盛り上げるための、部長の創作やとばかり……」

「女子社員が自殺したのは、本当にあったことだ。これは過去の新聞記事で確かめた。カッターナイフで手首を切ったらしい。もっとも幽霊は、あくまでも噂だ。俺も、ネットの怪談サイトの掲示板の書きこみで、たまたま目にしただけで詳しいことは知らない」

「自殺の動機は？」

転子が質問する。

「記事には載ってなかったけど、掲示板の書きこみでは、地下の奥の部屋でカラオケの最中に、複数の男性社員にレイプされたことを苦に……と」

「そんな、酷《ひど》い……」

「彼女は乱暴されたあと、発作的に自殺したんやろか……」

独り言のような姫のつぶやきに、茂は首をふりつつ、

「そこが、よく分からない。後日かもしれないけど、自分がレイプされた現場で自殺するかどうか。それよりも、男性社員たちが彼女だけを残してカラオケ・ルームを出たあと、衝動的に死んだと考えるほうが納得はいくよな」

「そうですね」

「ただ、彼女の自殺後、男子寮の社員が次々と事故に遭った。その五人というのが、彼女と一緒にカラオケをしたメンバーだった。この事故とカラオケの面子《メンツ》が同じというのは、どうやら事実らしい」

「せやったら、やっぱり……」

「レイプはあったのかもしれない」

「そんな場所と知っていて、百物語を……」

　転子は信じられなかった。だが、当の茂に悪びれた様子はない。そんな彼を見つめていた健太郎が溜息《ためいき》まじりに、

「実際に自殺があったことは、僕にも教えてくれなかったな」

「反対されたら面倒だろ」

「そういう事実があれば、そりゃ慎重になる」

「お前は、知識ばかりを追いかけ過ぎなんだよ。倶楽部《クラブ》活動なんだから、もっと実践的なことをやらないと」

「それとこれとは別だろ。本当に人が死んでるんだぞ」

「決して死者を冒瀆《ぼうとく》したわけじゃない」

「百物語は、一種の降霊術のようなものだ。それを――」

「もちろん、九十九話で止めるつもりだったよ。だったら――」

「そういう問題じゃ――」

「いや、俺は――」

「あのう……」

　ためらいがちに転子が割って入ると、二人はピタッと黙った。

「それで才子さんに、いったい何が起こったんです？」

「百物語をはじめたのが、夜の八時だった」

何事もなかったように、茂が続きを話し出した。

「開始から終了まで、九時間から十時間はかかると読んでいた。つまり次の日の早朝、五時か六時ごろに終わる予定だった。それで、あれは四十数話くらいだったか――」

「四十九話目で、午前一時過ぎだった」

健太郎が補足する。

「ああ、時間は確かにそうだったな。奥の部屋に行った才子が、なかなか帰って来ない。誰かが席を立っていても、怪談は途切れさせずに続ける必要がある。だから彼女が戻らなくても、特に支障はない。そのとき俺が話してたんだが、ちょっと長めでな。にもかかわらず話し終わっても、彼女が戻らない。俺は奥の部屋に向かう途中、廊下で彼女が立ち往生でもしていないかと、ずっと手探りをしながら行ったよ」

「ほんまに真っ暗やった……」

その闇の濃さは、四隅の間を体験した転子にも十二分に実感できた。

「奥の部屋に着くと、才子が机の前に倒れていた。声をかけても、肩をゆすっても返事がない。抱き起こすと、両目を見開いたままの強張《こわば》った顔が……」

「な、亡くなってたんですか」

「……よく分からない」

「えっ……」

「普通は死んでるなんて考えないだろ」

「そ、それは……」

「なんとかしようとしたさ。彼女を助けようと、俺は――」

そのとき健太郎が静かな声で、しかし完全に茂の話をさえぎるように、こう言った。

「いや、僕たちは田土才子を見殺しにしたんだ」

八　六人目の正体？

田崎健太郎が衝撃的な発言をしてから、転子は一言も口をはさむことなく、三人の話に耳をかたむけ続けた。

地下の奥の部屋で倒れている田土才子を発見した戸村茂は、なんとか彼女の意識を戻そうと、色々ひとりで奮闘したらしい。次にやって来た沢中加夏にも手伝わせ、人工呼吸も試みたという。

いっこうに戻って来ない三人を心配した健太郎が、今川姫と一緒に奥の部屋の様子を見に行くと、ぐったりした才子を抱えて茂と加夏がおろおろしていた。

すぐに救急車を呼ぼうとする健太郎に対し、茂はもう少し様子を見ようと主張した。

一年間の活動が認められれば、百怪倶楽部は正式な部になれるかもしれない。ただし、その途中で不始末や不祥事があれば、もちろん駄目になる。しかも、このとき茂と健太郎は、月光荘の地下室を無断で使用していた。

茂の指摘に、健太郎は戸惑った。このまま才子の意識が自然に戻るのであれば、事を荒立てずにすむからだ。

姫だけは、一刻も早く救急車を呼んだほうがいいと言い張ったが、三対一のうえ相手はみな上級生である。誰も彼女の意見に耳を貸そうとしない。

ところが、いつまで経っても才子の状態は変わらず、そのうち息をしていないと分かったため、慌てて一一九番に電話したのだが……。

救急隊員が駆けつけたときには、もう田土才子は死亡していた。

死因は、沢中加夏と同じくショック状態による心不全である。彼女も心臓に持病などはなく、まったくの突然死だった。

もっとも、たとえ健康な若い女性であっても、現場が極めて特殊で異常だっただけに、心不全を起こしても不思議ではないとも言えた。よって警察も才子の死に対して事件性は認めず、病死という判断が下ったのだが――。

今また、同じような状況下で加夏が死亡した。これを偶然という言葉で片づけて良いものかどうか……。

その夜の集まりは、一年前の事件の話を聞いただけで終わった。茂はぐったりと疲れ、健太郎はいつもの無口に戻り、姫は休みたそうにしていたため、転子もそれ以上は訊《き》けなかった。

女子寮の自室に戻ると、すぐ風呂《ふろ》に入る用意をする。汗を流したいというよりも、今さっき耳にした恐ろしい話が身体に纏《まと》いついているようで、とにかく湯に浸《つ》かってさっぱりしたかった。

廊下に出たところで姫を誘おうとしたが、今はひとりにしたほうが良いかも……と思い直して止めた。

姫ちゃんには、ほとんど責任はないとはいえ、やっぱり辛《つら》いだろうな。

昨年の夏ごろから寮生が減った、と彼女は言っていた。もしかすると才子の死に原因があったのではないか。そのうえ、過去に自殺した女性もいた事実が明るみに出たのだから、寮を去ろうとする者が続出しても不思議ではない。寮母が四人も代わったのも、やっぱり変人のせいだけではなかったのだ。

脱衣所には誰もおらず、籠《かご》に入っている衣服もなかった。がらんとした風呂場に入ったとたん、姫に声をかけなかったことを少し後悔した。

シャワーで軽く身体を流してから湯舟に入ると、湯は熱からず温《ぬる》からずで、ちょうど良い加減だった。

転子は心身がともに落ち着くのを感じながら、百怪倶楽部で起こった二つの怪死について考えはじめた。

田土才子と沢中加夏の二人は、明らかに病死である。ただし、より正確な表現を使えば事故死と言えるかもしれない。その原因を作ったのは百怪倶楽部であり、責任の大半は部長の戸村茂にあるのも間違いない。もちろん副部長の田崎健太郎も、部長のブレーンという立場から責めを負うべきだろう。

しかし当たり前だが、彼らに殺意はまったくなかった。そういう意味では二人の死は、不慮の事故なのだ。

でも、才子さんの場合は……。

すぐに救急車を呼んでいれば、もしかすると助かった可能性はある。つまり人為的なミスが、彼女を死に追いやったと見ることもできる。とはいえ、それを証明することは難しいうえ、何らかの罪に問われるのかどうか、転子にはよく分からない。

分からないと言えば地下の奥の部屋で、いったい何に対して才子は、そんな死ぬほどのショックを受けたのだろうか。

自殺した元オーディオ会社の女性が……？

その幽霊が出て来た？　または何か怪奇現象が起きた？　無気味なものが見えたとか、

奇妙な物音が聞こえたとか。それとも合わせ鏡の中に、死神が映ったのだろうか。

まさか、そんなことが……。

いや、実際に起こる必要はない。彼女が認めてしまえば、どんな現象でも本物となる。その瞬間、彼女の心身には多大なストレスがかかる。そのため死亡したと考えれば、一応の説明はつく。

加夏先輩が亡くなったのは——？

今回の出来事については、どう見ても茂の責任が重大である。健太郎も同罪と言わざるを得ない。残念ながら姫もそうだ。ただ、加夏自身が承知で参加しているため、このへんの判断は非常に難しい。

それに、やっぱり変だ……。

いきなり過去の自殺事件と幽霊騒動を地下の真っ暗な部屋で聞かされ、そのまま現場である奥の部屋に赴いた才子と違って、加夏はすべてを知る当事者だった。さすがに当初は、地下で行なう四隅の間に反対したようだったが——それは姫も同じだ——最終的には納得して、そのうえで参加したはずだ。

つまり才子さんに比べると、少なくとも加夏先輩には心構えがあった？

にもかかわらず同じような死に方をした。才子が遭遇したかもしれない恐ろしいものよりも、さらに怖い何かに、加夏は出会ってしまったのだろうか。

このとき転子の脳裏に、たった今まで完全に封印されていたある出来事が、突然ふっと蘇《よみがえ》った。

たどさいこのうらみをはらしてください……。

四隅の間の儀式が行なわれた、あの地下の部屋の真っ暗な闇の中で、何者かが囁《ささや》いた恐るべき願いである。

そうだった……。あのあと加夏先輩が倒れているのを目にして、すっかり動転してしまったんだ。その後も色々あって、だから思い出せなかった……。

そんなふうに考えたが、すぐに違うと首をふった。自分を騙《だま》すことは、やっぱり無理らしい。

そうじゃない……。怖くて思い出したくなかったんだ。

今、こうして目を閉じると、あのときの光景がありありと瞼《まぶた》の裏に浮かぶ。もちろん真っ暗で何も見えなかった。だが、禍々《まがまが》しい気配が室内に満ちていた。それが単なる暗がりを特別な闇に変えていた。そして転子は、その尋常ではない暗闇を目撃していたのだ。

たどさいこのうらみをはらしてください……。

あのときは何を言っているのか分からなかったけど、過去の事件を知った今なら、はっきりと理解できる。

田土才子の怨《うら》みを晴らして下さい……。

しかし、いったい誰が口にしたのか。こんな願いを誰が唱えたのだろう？　だが、彼女が言うわけがない。むしろ、この言葉のせいでショック死したとも考えられる。あの暗闇の中で、儀式の真っ最中に、もし耳元で囁かれたとしたら……。

想像しただけで転子は、ぶるっと震えた。湯舟に浸《つ》かっているのに、寒々としたものが身体の芯《しん》から広がってゆく。

それでも、ずっと浸かっていたので少しのぼせたらしい。転子は湯舟から出ると、鏡の前に座って頭を洗いながら、あの囁き声について考えはじめた。

部長の悪戯《いたずら》？

これはあり得る。恐怖を演出するためなら、何でもやりそうだからだ。とはいえ、さすがに彼も田土才子をネタには使わないだろう。自殺した女子社員は、あくまでも見ず知らずの人物だった。だが、才子は一緒に倶楽部《クラブ》活動をした仲間である。

確かに彼女が亡くなった地下室で、茂は四隅の間の実践をためらうことなく行なった。ただ、奥の部屋は使用していない。また才子の死については、転子には隠しておこうとした。彼自身、田土才子のことは封印したいからではないか。

健太郎は、今でも後悔しているように見える。自分がすぐに救急車を呼んでいれば、もしかすると彼女は助かったのでは……と思い続けているのかもしれない。そんな彼が、あんな台詞《せりふ》をはくだろうか。

姫も同じだ。それに彼女は加夏と同様、四隅の間を地下室で行なうことに抵抗を示した。最終的に折れたのは、奥の部屋を使わないと分かったからか。自分が抜けると儀式ができなくなり、みなに迷惑がかかると考えたせいか。確かなのは、絶対に彼女が囁いたわけではないということだ。

そういえば、加夏はどうして参加する気になったのだろう？　事前に茂と話していたとき、彼に説得されてしまったのか。どちらかというと、彼女は怖がりだった。百怪倶楽部に入っていたのは、茂が部長を務めていたからに過ぎない。だから怖くても、できるだけ彼の意向にはしたがっていたと思う。

でも、あの地下室で行なう四隅の間は、あまりにも怖過ぎた……。

奥の部屋では女子社員が自殺し、田土才子が怪死している。その近くで、あんな儀式を執り行なったら、どちらかひとりが六人目として出て来てもおかしくない……と考えたのではないか。

六人目……？

あの囁きが聞こえて、加夏が倒れた物音がする直前まで、確かに四隅の間の儀式は続いていた。

すでに彼女が四角形の輪からはずれていたはずなのに……。

茂、健太郎、姫、転子の四人しかいなかったはずなのに……。

正方形の部屋の角を、四つの隅をぐるぐると巡り続ける儀式は、まったく滞ることがなかったのだ。

あのとき真っ暗闇な部屋の中には、ほんとに六人目がいたってこと……？

両目をつぶったまま頭を洗っているのが、急に怖くなった。慌てて髪の毛をかきあげると、あたりを見回す。誰もいない。シャンプーが目に入って痛み、思わず閉じてしまう。でも、そのままでは恐ろしくて仕方がない。急いでシャワーを出すと、髪の毛の泡を洗い流す。とたんに無防備な背中がすうすうして、思わず震える。

あとは鏡を背にして顔をあげた状態で、たえず風呂《ふろ》場の四方を眺めながら、転子は髪の毛のすすぎを終わらせた。リンスも同じ格好で、それも素早くすませる。

再び湯舟に全身を浸したところで、ようやく先ほどまでの思考に戻ることができた。

六人目はいたのか……。

もし本当に現れたのだとすると、あの囁きは六人目が発したとしか思えない。つまり六人目の正体は、田土才子ということになる。

そんな馬鹿な……。

でも転子は、あのとき暗がりの中で、とても奇妙な気配を実際に感じた。それに加夏が途中から輪を抜けて、部屋の中心に移動したのに循環が途切れなかったのは、まぎれもない事実である。

それとも加夏先輩が抜けてすぐ、あの囁き声が聞こえたのかな？

だとすれば六人目の存在は否定できる。ただ、そうなると今度は、誰が囁いたのかという謎がクローズアップされてしまう。

違う！　そうじゃない。

そこで転子の脳裏に、またしても思い出したくない記憶が蘇った。

儀式の途中から、タッチした加夏先輩の感触がおかしくなったんだもの……。

あれは、すでに加夏が部屋の中央へと移動し、そのあとに六人目が入っていたからではないのか。

六人目はいた……。

なら、六人目はどこから来たのか。奥の部屋からか。真っ暗な廊下を通って、みなが集まっている手前の部屋までやって来たのか。四隅の間の儀式によって呼ばれたのか。召喚されてしまったのか。

まさか……。部長はこうなる可能性を予測していた？

いや、さすがにそれはないだろう。もし田土才子の降霊を試みるつもりなら、間違いなく奥の部屋で行なったはずだ。そうでないと効果が見込めないことくらい、転子でさえ分かる。

六人目は田土才子だった？

あの囁きは彼女のものだった？

その結果、沢中加夏は死んでしまった？

そこまで考えた転子は、ある可能性に思い当たったとたん、湯舟の中にもかかわらず全身に鳥肌を立てていた。

田土才子の怨みを晴らして下さい……。

もしかすると加夏先輩の死は、はじまりなんじゃないだろうか。

九　合理的な解釈

翌朝、洗面をすませた転子が姫の部屋に行くと、

「昨日の夜な、あんまり眠れんかった……。それに食欲もないし、もう少し寝るわ」

扉の隙間から顔だけ覗《のぞ》かせた彼女が、元気のない声でそう言った。

昨夜、風呂場で考えた色々なことを、今朝は姫に聞いてもらうつもりだった。しかし、今の彼女には荷が重過ぎるかもしれない。

「それじゃ貴子さんに、おにぎりを作っておいてもらうね」

「うん、ごめん……」

食堂に行くと、茂と健太郎が一緒に座っているだけで、尾田間美穂と畑山佳人はそれぞれひとりだった。

「おはようございます」

全員に挨拶《あいさつ》すると、転子は寮母に姫のおにぎりを頼み、少し迷ったが結局ひとりで食べることにした。ただし、美穂の様子には気をつけた。

田土才子の世話を、彼女は焼いていたという。できれば朝食後につかまえて、少し才子の話がしたかった。

茂と健太郎は同席していたが、特に喋《しゃべ》っている様子はない。健太郎が無口なのは見慣れた光景だったが、黙っている茂の姿は珍しいのを通り越して、むしろ痛々しく映るほどである。

佳人は加夏が倒れたとき、「幽霊が出た」「悪魔を呼び出した」と騒いだわけだが、そのあと彼女が死亡したと知らされ、この二、三日は非常に落ちこんでいる。ようやく昨日あたりから、少し元気が出てきた感じだろうか。

美穂だけは、あまり変わらないように見えた。今も黙々と朝食をとっている。ただ、その割には大して箸《はし》が進んでいない。

お蔭《かげ》で一番あとから食べはじめた転子も、なんとか追いつくことができた。

美穂が食べ終わるころを見計らって、先に朝食の盆を配膳《はいぜん》口へと返す。いかにも彼女のあとを追って出たと茂たちに思われないように、先回りをするつもりだった。その計画は上手《うま》くいった。

「美穂先輩、すみませんが、ちょっといいですか」

彼女が食堂から出て来たところで、すぐに声をかけた。

「えっ、何なの？」

「田土才子さんのことで、少しお話がしたいんですけど」

転子が声音を潜めたことで、茂たちに聞かれたくない話だと悟ったのか、

「外に出ましょうか」

そう言って美穂は、月光荘の近くにある公園へと向かった。

「眠そうですね」

「普段は規則正しい生活をしてるんだけど、夏休みだからと思って、ついつい夜更かししてしまって……。今は寮に人がほとんどいないから、夜中まで起きていても迷惑にならないしね。結局、寝るのが二時や三時になってしまうの。それでも朝は、いつも通りに起き

るんだから、眠いはずよ」

美穂がおかしそうに笑ったところで、転子は本題に入ることにした。

「先輩は、才子さんと親しくされてたんですか」

「うん、まぁね……」

公園の端のベンチに腰を下ろしながら尋ねると、美穂は溜息《ためいき》まじりに、

「何て言うのかなぁ……放っておけない感じ？　才子はファッションがゴシック系だったから、他人《ひと》から見た目で判断されて、よく誤解を受けてた。でも、ほんとは引っこみ思案で、内気な子だった」

「美穂さんにとっては、妹みたいな存在だったとか」

彼女はちょっと驚いたような顔で、

「当たってる……」

そう口にしたが、すぐに苦笑を浮かべると、

「そのときの私たちを、あなたは見ていないものね……」

「えっ、どういうことです？」

「私って、まったく男っ気がないでしょう。だから当時、レズじゃないかって一部で噂されていたのよ」

「…………」

あからさまな美穂の物言いに、どぎまぎしてしまい、とっさに言葉が出てこない。

「でもね、私には本当に妹がいるの。ただ、あまり仲は良くないけど……。昔はそうじゃなかった。あの子が高校に行って、悪い友だちができ、服装の趣味が変になってからね。表面はイキがってるけど、中身は昔のままだと私には分かった。あの子はそれを認めるのが嫌で……。もちろん、私がそういうふうに見ているのも、我慢できなくて……」

「才子さんが、妹さんとダブったんでしょうか」

ようやく転子が口をはさむ。

「まったく違うタイプなのに、不思議ね。けど、きっとそうだわ」

「百怪倶楽部での才子さんは、どうでした？」

一瞬、美穂は顔をしかめたが、気を取り直したように、

「楽しそうにしてたわよ。彼女の性格だと、ああいった集団活動は苦手なはずなのに、水が合ったみたいね」

「服の趣味と一緒で、ゴシック系の文学が好きだったと聞きました。だから、きっと怪奇幻想小説を愛読していて、それで倶楽部の活動にも興味が――」

「――あったんでしょうけど、その割には稚拙だったんじゃない、百怪倶楽部って？　あっ、ごめんなさい。あなたも部員だったわね」

思わず美穂が苦笑する。

「いえ、良くも悪くも戸村部長の趣味が高じた倶楽部ですから。あっ、でした――です」

「そうそう。まだ田崎君が加わってたから、少しはましだっただけでね」

「やっぱり、そうでしたか」

そこで二人は、少し笑った。

「昨日の夜、才子さんが亡くなられたときの状況を、部長から聞きました」

「…………」

「ご存じですか」

「あとでね……それもかなり経ってから、加夏が教えてくれた。彼女は戸村君が好きだったから、それなりに日数が過ぎたあとでも、よく話す気になったと思うよ。まぁ彼のことは、必死でかばってたけどね」

「才子さんのご両親は、どんな状況で彼女が亡くなったのかを――」

美穂は首をふりながら、

「大学の対応は今回と同じだった――って聞いてる。ううん、戸村君はあの子のお母さんにさえ会っていないはずよ。すべて大学側が処理をしたわけ。私、そのとき旅行していたから、何も知らなくて……」

それを今でも後悔しているのだろう。

「ただ、あの子の両親は離婚していて、田土は母親の姓だって聞いたことがある。大学に見えたのもお母さんだけだったらしい」

「なんか淋《さび》しいですね」

「双児《ふたご》の兄がいて、とても仲が良かったそうだけど、両親の離婚で離れ離れになったって言ってた」

「そんな……。ますます淋しくなるじゃないですか。でも才子さんは、美穂先輩に面倒を見てもらって、きっと嬉《うれ》しかったと思います」

「だといいけどね」

「ところで、彼女のお母さんは、娘の死に疑いは持たれなかったんでしょうか」

「大学側が、どこまで本当の状況を説明したか知らないけど、少なくとも死因に不自然なところはなかった。警察も事件性は認めていない」

「部長たちの……そのう一、落ち度という点は？」

「もちろん、あるわよ。でも、仮にすべてが明るみに出ていたとして、罪まで問えたかどうか……。それほど大事とは思わなかったので——とか、または部員が倒れたのを見て動転したあまり——とか、それで救急車を呼ぶのが遅れたと言えば、おそらく通用したんじゃないかしら」

「……………」

「私は加夏のように、戸村君には特別な感情は持っていない。それでも、まさか才子が死んでしまうなんて、きっと彼も考えていなかったと思う。故意に彼女を死なせたわけではない、ということね」

「それは、私もそう思いますが……」

「人道的な罪は残るだろうと？」

「はい……」

「そうね。で、才子について調べて、どうするつもりなの？」

「実は――」

そこで転子は、四隅の間の儀式で何が起こったのか、なぜ沢中加夏は死んだのか、自分の考えを述べた。

美穂は彼女が喋《しゃべ》り終わるまで、まったく口をはさまず黙って聞いていたが、

「つまり、そのとき現れた六人目というのが才子の幽霊で、加夏はそれに殺されたって言いたいの？」

「はい……」

第三者に面と向かって質《ただ》されると、さすがにあり得ないことでは……と感じる。だが、あの場の禍々《まがまが》しい雰囲気を美穂は知らない。あの忌まわしい気配を彼女は体感していない。そう思った転子は、なんとか自分の体験を伝えようとした。

「うん、あなたの言いたいことは分かった」

しかし、それを美穂はあっさり受け入れると、

「ただ、私は幽霊を見たこともないし、その手の経験も皆無だから。才子が現れたと聞いても、ピンとこないのよ」

「でも、あのとき、あの部屋では――」

「そう感じるだけの空気が、きっとあったんでしょうね。それは分かるわ。というより理解はできる。けど、もっと単純に考えられないかしら？」

「えっ、どういうことですか」

「加夏は――いいえ才子もそうよ、恐怖のあまり死んでしまった。才子は過去に自殺した女性がいたと知ったうえで、百物語の会に参加していた。加夏はそこで才子が死んだという過去の記憶を持ちながら、四隅の間の儀式を行なっていた。実際に人が亡くなっている場所で、いかにも恐ろしい怪談会や儀式をするわけだから、心身への負担は相当なものになる。ショック状態に陥り、その結果として心不全で死亡しても、決しておかしくはないでしょう」

「でも――」

「ええ、それが二人も続いたというのは、確かに問題よね」

「とても不自然です」

「才子ひとりだけなら、まだ受け入れられる？」

「ええ、まぁ……。そういうこともあるかと……」

「けど、よーく考えてみて。二人の条件は、決して同じじゃない」

「えっ……」

「加夏には、あの地下で過去に自殺した女性がいたという知識と、百物語の最中に才子が死んだ経験があった。それに自分たちが才子を見殺しにしたのかも……と罪の意識を持っていた可能性もある」

「はい」

「つまり、そういったお膳立《ぜんだ》てがあったうえで、四隅の間なんていう恐ろしい儀式に参加した。何かのきっかけで——その原因は分からないけど——彼女がショックを受け心臓が止まってしまったとしても、それほど不思議じゃないと思わない？」

「六人目の存在は——」

「錯覚じゃないかな。かなり異様な場だったわけでしょ。そういう錯覚に陥るのは、極めて自然だと思う」

「さ、囁《ささや》きは……？　確かに聞こえました」

「幻聴と言いたいところだけど、みんなが聞いてるのよね」

　あの出来事については、実は他の三人の誰とも、まだ一度として話し合っていない。しかし、加夏が倒れて大騒動になっていたとき、茂と健太郎があの声について話しているのを確かに聞いた。そのとき姫が思わずうなずいた姿も、はっきりと目にしている。

もっとも才子の声音だったかどうか、それは三人にも分からないと思う。囁きに近かったため、実は老若と男女の区別さえつけにくい声だった。ただ、あの台詞《せりふ》だけは間違いなく四人ともが耳にしていたのだ。

その事実を美穂に伝えると、少し考えこんだあとで、

「そうなると、加夏自身が喋ったとしか考えられないわね」

「まさか……」

「五人から四人を引くと、答えはひとりでしょ。つまり残るのは加夏だけ」

「その加夏先輩が亡くなってるのに、ちょっと変じゃないですか。それに先輩が、そんな台詞を口にする理由がありません」

「罪の意識が、そう言わせたとしたら、どう？」

「あっ……」

「もちろん無意識に、ポロッと口から出てしまった。ただ、自分の言葉に驚いて死ぬのは不自然だから、ショックを受けたものが、きっと他にあったんでしょう」

「………」

「何にショックを受けたのか、私には見当もつかないわ。けど、さっき説明した状況から、加夏が尋常ではない精神状態だったことは間違いない。ショック死しても決しておかしく

ない環境に、彼女は我が身を置いていたってこと」

美穂が述べた沢中加夏のショック死説——要は自然死だったという解釈——は、とても説得力があった。

自分が第三者だったら、素直に受け入れたかも……。

そう転子が思ったほどである。だが、彼女は当事者だった。あの囁きが加夏のはずがないという……、そして何より室内にはあのとき六人目がいたという……生々しい実感が残っている。それが時間の経過と共に、むしろ鮮明になってきている。

加夏先輩は殺されたんだ……。

なおも合理的な解釈を続ける美穂の話に耳を傾けながらも、転子は心の中でつぶやいていた。

十　黒い女

転子が月光荘の近くの公園で尾田間美穂と話をした日の夕方、戸村茂は大学に入って以来の親友である田崎健太郎を誘い、珍しく外食した。

「寮の飯ばかりじゃ飽きるからな」

そう言って外に出たが、本当の理由は他にあった。寮の食堂だと自分に集まる視線が痛く、おちおち食事をしていられなかったからだ。

もっとも俺を見るのは、美穂と転子と佳人の三人だけだけど……。

それでも気になる。特に女性二人の視線は、あたかも自分を断罪しているようで、なんとも落ち着かない。次第に料理の味がしなくなってきた。

幸いなのは、健太郎が無口だったことだ。二日未明に起こった沢中加夏の死についても、ほとんど話題にしない。大学側の対応の様子を茂から聞いただけで、一応は満足しているように見える。

中華料理屋の奥座敷の隅に座り、一通り注文をすませた茂は、おもむろに親友の顔を眺めつつ、

「今夜は我らが百怪俱楽部の、解散式といくか」

そんな提案をした。最初から考えていたわけではない。今、健太郎の顔を見ているうちに、ふっと頭に浮かんだだけである。

ジョッキに注がれた生ビールが運ばれてきたところで、

「百怪俱楽部の部長である私戸村茂は、本日をもって百怪俱楽部を解散することを、ここに宣言いたします」

あとは二人でジョッキを軽く合わせ、ビールに口をつけて終わりである。

食事中はこれまでと同じく茂が喋《しゃべ》り、健太郎は聞き役に回っていた。違うのは怪異的な話を一切さけ、もっぱら秋からはじまる就職活動について語ったことだ。時期的に特におかしいわけではないが、この二人が顔を合わせているのに、少しも怪奇話をしないのは明らかに不自然な眺めだった。

「――大手の建築設計事務所の現実を考えればだな、俺としては――」

とうとうと茂の弁舌が続く。

いつものように健太郎は、それを黙って聞いている。ただ、いつになく彼の様子がどこか上の空に見えた。

そのことに、ようやく茂も気づいたようで、

「だからさ、無駄な就活をなくすために――って、おい？　聞いてるか、お前？」

健太郎が無言でジョッキを口に運ぶ。

「どうした？　今から悩んでも仕方ないぞ。まぁ就活なんて、まずは慣れだよ。場数を踏むことが大切なんだ。つまり――」

「あのとき、六人目は確かにいたよな」

「…………」

「田土才子の怨《うら》みを晴らして下さい……という囁きも、はっきり聞こえたよな」

「…………」

「そうだよな」

「何が言いたいんだ？」

「四隅の間の儀式を執り行なった結果、六人目として田土才子君の霊が出て来てしまい、そのため沢中さんは死んだのかもしれない――ということだよ」

「今さら何を……。そんな話、あのあと一言も――」

「茂が気にすると思ったからな」

「…………」

「しかし、あのときの状況を思い出して、よく考えれば考えるほど、僕たちは田土君を降霊してしまったとしか――」

「馬鹿馬鹿しい」

「心霊現象を否定するわけじゃないだろ」

「それとこれとは別だ」

「どう違うんだ？」

何が別なのか、実は茂にも答えられない。あえて言えば、我が身にそんな現象が降りかかるわけがない……という根拠のない思いがあるに過ぎない。

「僕も、そうそう安易に心霊現象なんか起きない、また遭遇できるはずもない、とは考えている」

黙ってしまった茂に対し、健太郎は諭すような口調で話を続けた。

「だけどな、逆に言うと起こっても不思議じゃない状況、環境、場というものが存在していれば、むしろ発生するのが当たり前なのかもしれない」

「…………」

「そういう意味では、あの地下室は条件がそろっていた。過去に非業の死をとげた人がいて、そのあとも死者が出ており、そこで一種の降霊術とも言える儀式を執り行なったわけだからな」

「…………」

「もちろん、僕たちが四隅の間の舞台にあの地下室を選んだのは、部屋が正方形であり、真の暗闇を作りだせ、かつ家具など何もないからっぽの空間――というこちらが求める難しい場の問題を、あそこが完全にクリアしていたからだ」

「…………」

「だから、あえて過去には目をつぶった。そうだろ？」

「…………」

「おそらく尾田間さんは、そのへんを誤解してると思うけど。僕たちが自殺した女性や田土君のことがあるから、面白半分にあそこで儀式をしたんだ――ってね。最初から二人の死者を冒瀆《ぼうとく》する気だったと、きっと思ってる」

「…………」

「けど、それよりも僕たちは――」

「少しは、あったさ」

健太郎に眼差《まなざ》しだけでうながされ、茂は続けた。

「お前が言う通り、あの地下室を選んだのは場所の問題が一番だった。それは間違いない。でも、まったく忌まわしい出来事のないところで行なうよりも、本当に人死《ひとじ》にのあった空間で実践したほうが、六人目が現れる可能性は高いんじゃないか――っていう期待が、少しはあったってことさ」

「確かに」

「それは、お前も否定しないだろ」

「ああ」

「ただ、もし本当に六人目が現れても、それは一時のことだと思っていた。星印の人が願い事を口にし、そのあと電気をつければ、すぐ消えるはずだ……とな」

「そうだな」

「六人目が自殺した女性や、才子自身になるかもしれない……とは、チラッと考えたよ。でも俺は、仮に現れるにしてもそんな特定の霊ではなく、もっと漠然とした存在じゃないかって、そう思ってた」

「霊でさえないのかもしれない」

「うん。もっと違った存在だな。それが……、まさか加夏が死んでしまうなんて……」

「田土君の霊を呼び出したから——そう考えるしかないんじゃないか」

健太郎に指摘されるまでもなく、実はあの夜からずっと茂の頭の片隅には、その恐ろしい想像が消えずに燻《くすぶ》り続けている。ただ、それを認める気にはならなかった。もちろん、あまりにもおぞましいからだ。

「仮にそうだとして、なぜ加夏だけが死んだんだ？」

だから、つい健太郎に反論したくなる。そうではない理由を見つけ、少しでも安心したくなってしまう。

しかし、彼はあくまでも冷静だった。

「ひとりだけ循環の外にいたから、僕たちよりも狙われやすかった、とは考えられる。沢中さんが抜けたあと、六人目は入埜君と僕の間に入ったことになる。彼女は六人目にタッチし、僕はそいつから触られていたわけだ」

当人でもないのにその状況を想像しただけで、茂の二の腕に鳥肌が立った。

「僕と彼女は直接、六人目に接していたんだから、どちらかが死んでいてもおかしくなかった。まぁ、相手に触れるよりも、相手から触られた僕のほうが、可能性は高かったと思うけど」

「まぁな」

本人が気にしていないようなので、茂は思わず相槌《あいづち》を打ってしまった。

「なのに沢中さんだったのは、ひとりだけ違う行動をとって、相手の目を引いてしまったからじゃないか」

「真っ暗で視界は悪かったけどな」

冗談を言う余裕があったわけではない。こんなことでも口にしなければ、健太郎の話など聞いていられない。

ただ、彼がこちらの軽口に乗ってこないと分かったところで、茂は具体的に会話を進め出した。

「それで、仮に六人目が才子だったとして、どうだと言うんだ？　もし本当に彼女が出て来たんだとしても、加夏を殺したとは限らないだろ。彼女の出現に驚き慄《おのの》いた加夏が、そのせいでショック死したとも考えられる」

「でも、あの囁《ささや》きがある」

「…………」

「あれが聞こえたあとで、沢中さんが倒れたらしい物音がした。この場合、田土君に殺意があったかどうかは、あまり問題じゃない。彼女の出現によって、沢中さんが死んでしまった。この事実が――」

「分かった。で、どうしろと？　地下室をお祓《はら》いしてもらうのか。いったん呼び出した才子の霊に、今度はお引き取り願うわけか」

「僕たちにできるのは、それくらいだろう」

「お祓いをしないと、あの地下で才子の霊が彷徨《さまよ》い続ける……と？　それじゃ地下室そのものを封印するのはどうだ？　遅かれ早かれ大学は、きっと月光荘を閉鎖するぞ。そのとき建物ごと売り払うのか、壊して更地にするのかは知らないが、そうなったら才子も化けて出るどころじゃないだろ」

「…………」

「そうなってもなお、才子の霊があそこに留《とど》まるっていうのか。のちのち彼女の障りが起きないように、俺らが責任を持って祓うべきだってことか」

「そういう意味もある。でも、それは二次的なものかもしれない」

「なら、真っ先にくる理由は何だ？」

「あとのことを考えてではなく、まさに今の心配だ」

「今……？」

「沢中さんだけで終わると思うか」

一瞬、健太郎が何を言っているのか、茂には分からなかった。が、その意味を察することができたとたん、背筋が粟立《あわだ》った。店内を冷やしているクーラーがいらないほど、彼はぞっとしていた。

「沢中さんが亡くなったわけは、さっきの推測通りだと、僕は個人的には思っている。だけど、それはあのときだけの話かもしれない」

「続きがある……？」

「そうも考えられる——ということだ」

「お前……」

ここではじめて今夜の彼は少し妙だ、と茂は感じた。

普段の健太郎は基本的に無口だ。ただし、怪異に関する話であれば饒舌《じょうぜつ》になる。また他人の前で喋《しゃべ》ることは少ないが、百怪倶楽部の活動や茂と二人きりのときなどは、それなりに話す。そういう意味では今、これほど口を開いているのも不自然ではない。しかし、やはり彼にしては口数が多過ぎる。

さらに不審な点が、もうひとつある。たとえオカルト的な話題であっても、不確かな情報や眉唾《まゆつば》な解釈などに対しては、彼は意図的に距離を置こうとする。田土才子の障りが百怪倶楽部の部員に広がる可能性は、確かに否定できない。だが、この状況ではあくまでも可能性のひとつに過ぎない。そんなことを言い出すと、他にも様々な可能性が出てくるではないか。

こいつは何かを知ってるのか……？

目の前の健太郎が、急に見知らぬ人物のように思えてきた。六人目に対して覚えた恐怖とは別種の、何とも言えない戦慄《せんりつ》が茂の身体を走った。

「茂は……なんともないか」

とうとつに健太郎が問いかけてきた。

「な、何がだよ」

「この数日、妙なものを見たり、おかしな出来事があったり、変な物音を聞いたり……ということがないか」

「お前は、あるのか」

「黒い、女のようなものを……見た」

「黒い女……」

才子のゴシック・ファッションを思い出し、ぞくっとする。

「髪の毛が長くて、黒っぽい服を着ている、女のような……」

「──ようなって、はっきりしないのか」

「チラッと見ただけだから……」

「そういう女が、たまたま目についたんだよ。夏とはいえ、そういう黒っぽい服が、ある世代の一部で流行《はや》ってるんじゃないのか」

「見たのは真夜中に、寮の中でだ」

「えっ……、嘘だろ」

茂が絶句していると、健太郎が昨夜の出来事を語りはじめた。

「談話室で開いた百怪倶楽部の集まり——結局あれが最後になりそうだけど、あのあとはお互い部屋に戻っただろ。僕は気分を変えるために読書をしたけど、どうしても集中できなくて風呂《ふろ》に入った。上がってからはビールを飲んで、そのまま寝ようとした。でも、眠れない。ウイスキーも飲んだが、やっぱり駄目でな。それで、また本を読みはじめたんだけど、中途半端に酒が入ってるせいで熱中できない。テレビはまったく見る気がしないし、なんか八方塞《ふさ》がりの状態でな。だったら、いっそ珈琲《コーヒー》でも飲んで頭をすっきりさせ、睡魔が訪れるまで読書をしてやれと思って、ホールに行ったんだ」

今夜の健太郎は、やっぱり馬鹿に饒舌だと思いながらも、茂は相槌を打ちつつ先をうながす。

「もちろん、誰もいなかった——」

常夜灯だけが点《とも》った薄暗いホールの南側には、二つ自動販売機が置かれている。その片方では夏でも温かい珈琲と紅茶を買うことができた。健太郎はホット珈琲のブラックを買うと、近くの談話室の椅子に腰かけた。

とりあえず一杯だけ飲んでみて、それで駄目なら、もう一杯ホット珈琲を買って部屋に戻るつもりで。

談話室はホールの東の壁際に、五つ設けられている。衝立《ついたて》で区画を作っただけの簡単なものだが、面白いのは壁との間にも仕切りがあることだった。これは東側の壁の中央に備品倉庫の、北の端に地下室に降りる扉が、それぞれ存在するからだ。

健太郎は一番南端の談話室の椅子に座っていた。

自動販売機が立てる微《かす》かなうなりと共に、寮の庭で鳴く虫たちの声だけが、しーんとしたホールの中で聞こえている。珈琲をすする音が、やけにうるさく感じられるほど、真夜中のホールは深閑として静かだった。

ところが、そのうち妙な物音が耳につき出した。何かをたたいているような単調な音なのだが、とても籠《こも》っている感じがある。どこか遠くのほうから、壁や床を伝って響いているふうに聞こえる。

どこからだろう？　と耳をすませた健太郎は、それが地下から発せられていることに気づき、思わず腰を浮かしかけた。

タン……、タン……、タン……。

ほんの少しずつ大きくなっていく物音は、誰かが地下から階段を上がって来る足音なのだと気づいた。

すぐに逃げ出したかったが、まったく足が動かない。自動販売機の側の談話室は、地下に降りる扉からは一番離れている。ここに隠れていれば、地下から上がって来るものが何であれ、見つかる心配はない。でも、一刻も早くここから立ち去りたい。なのに身体が言うことをきかない。

そうこうしているうちに足音が、次第にはっきりと聞こえはじめた。

タンッ……、タンッ……、タンッ……。

今や、かなり地上に近づいているのが分かる。判断したとたん、健太郎は思わず壁際の衝立から顔を出し、地下室に通じる扉をそっと覗《のぞ》いた。

タンッ……、タンッ……、タンッ。

足音が止まった。まさに地下に降りる扉の向こうで、その音は止んだ。

薄暗がりの中、ゆっくりと扉が開きはじめた。目を凝らすが、内側には真っ暗な闇しか見えない。と、その闇が蠢《うごめ》き、ぬっと黒いものが出て来た。

常夜灯の微かな明かりに浮かび上がったそれは、長い髪を持った黒っぽい人影のように映った。

ふっとそれの視線が健太郎のほうに向いた。慌てて顔を引っこめる。

見られた……？

衝立の陰で彼が身体を強張《こわば》らせていると、
した……、した……、した……。

それがこちらへ近づいて来た。壁と衝立によってできた細長い通路を、まっすぐ彼のいるほうへと進みはじめた。

もう健太郎は生きた心地がしなかった。それでも、とにかく逃げなければと思う。物音を立てないように後ずさりすると、談話室から出る。そしてそれの動きとは逆に、地下の扉のほうへと移動し、とりあえず近くの談話室に身を潜めた。

ほとんど同時に、それの気配が止んだ。どこに消えたのかと思っていると、

した……、した……。

再び聞こえ出した。が、またすぐに止む。この訳の分からない気配の連続が、さらに健太郎の恐怖心を煽《あお》った。しかし、その意味を察した瞬間、彼はもう少しで声をあげそうになった。

ひとつずつ談話室を覗いてるんだ！

いずれここにもやって来る。このままでは見つかってしまう。かといって出るわけにはいかない。

ひた……、ひた……、ひた……、ひたっ。

隣の談話室の前で、それの気配が止まった。

健太郎は急いで――だが物音を立てずに――壁側の衝立を動かすと、その隙間から向こう側へと出た。そして再び衝立を元に戻したとき、それが談話室を覗いた気配を感じた。

まさに間一髪だった。そう思うと、自然に身体が震え出した。

慌てて衝立から両手を離すと、壁に背中をつける。指先の震えが伝わり、物音を立てることを恐れたからだ。

この薄い仕切りの向こうに、地下室から上がって来たあれがいる……。

もしも談話室からこちらへ回って来られたら、もう健太郎には逃げるところがない。壁と衝立の通路を奥へ進むことはできるが、間違いなく途中で見つかる。ならば隣の談話室の衝立をズラして逃げこむか、と考えていると――

ひた……、ひた……。

それの動きはじめる気配がした。

あっ、地下室……。

まだ逃げる場所があった。あれが出て来た地下である。彼のすぐ右手には、その扉がある。さっと開けて素早く入れば、今なら間に合う。

けど、地下は行き止まりだ……。

万一あれに気づかれ、追いかけて来られたら、もうお終《しま》いだ。階段を降り、廊下を辿《たど》り、最後は奥の部屋に逃げこむしかなくなる。

厭《いや》だ。あそこには行きたくない……。

地下の奥の部屋に追い詰められた自分を想像した健太郎は、とっさに頭がおかしくなるほどの恐怖を覚えた。

ひた……、ひた……、ひた……。

それが動いていた。全神経を集中する。こちらに来ると分かったとたん、どう対応するのか決められないまま、ひたすら健太郎は耳をすませた。

やがて――

それの気配が遠のいて行った。

健太郎は壁に背中をつけたまま、ずるずるとその場に座りこんでしまった。

「あれが僕のほうに来ていたら、果たしてどうしていたのか、今でも分からない」

――と彼が締めくくったところで、はじめて息をつけた気分を茂は味わった。それほど熱心に聞き入っていたらしい。

「気づかれずにすんだのか」

「ああ……」

今夜どうして健太郎が饒舌《じょうぜつ》だったのか、ようやく茂には理解できた。

恐怖からだ……。

真夜中のホールで、地下から上がって来た黒い女を見てしまった。そのときの戦慄《せんりつ》が今なお消えずに残っており、普段の彼からは考えられないほど多弁にさせているのだ。

「で、それが才子だっていうのか」

「分からない……」

健太郎は首をふりながら、

「ただ、あのまま放っておいて良いものじゃないだろう」

「確かに……」

「地下から出て来たんだからな」

「ところで――」

茂は話を聞き終わってから、ずっと気になっていたことを尋ねた。

「それはどこに行ったんだ？」

すると健太郎は、彼の顔をじーっと見ながら、こう答えた。

「女子寮のほうに……」

十一　訪問者

茂が健太郎を誘って中華料理屋に向かったころ、ようやく姫が部屋から出て来た。

「点子ちゃん、ちょっといい」

ただ、そう言って転子の部屋に入って来た姿は元気がなく、いつもの彼女の様子ではなかった。

「大丈夫？　眠れた？」

それまでは寮母に作ってもらったおにぎりを持って行っても、姫は部屋から一歩たりとも出ることなく、ずっと蒲団《ふとん》の中に籠《こも》りきりだった。

昨日の夜、よっぽど眠れなかったんだ。

最初は転子も、そう思った。しかし、午後から二度ばかり覗いたとき、妙な違和感を覚えた。どうも彼女が寝ているようには見えないのだ。では何をしているのか。あらためて観察すると、文字通り閉じ籠っているふうに映る。

まるで幼い子どもが怖いものを見ないですむように、蒲団の中に潜りこんでいる姿に見える。

怖いもの……？

確かに加夏の死は恐ろしかったし、才子と自殺した女性の件にも戦慄を禁じ得ない。しかし、朝からずっと蒲団を被《かぶ》っているのは、やはり変ではないか。

姫ちゃん、どうしたんだろう？

心配しながらも転子は、しばらく様子を見ることにした。無闇に立ち入ってはいけない気配が、彼女から感じられたからだ。

だから夕方になって向こうから訪ねて来てくれたのは、とても嬉《うれ》しかった。

「――まだ、眠そうだね」

顔色が悪いよ……と本当は口にしかけたのだが、なんとか言い替える。

「うん……。ちょっと頭がぼうっとしとる」

「薬は？」

「ううん、いらん。ありがとう」

「おにぎりは食べた？」

「うん。美味《おい》しかった。一日なーんにもせんでも、やっぱりお腹はすくんやね」

「夕ご飯はどうする？　貴子さんに頼んで、おうどんでも作ってもらおうか」

「あっ、せやね。食欲がないわけやないけど……」

「でも、調子がいいって感じでもないんでしょ？」

「まぁね……。寮母さんには悪いけど――」

「貴子さんなら、喜んで作ってくれるよ」

「うん……」

そこで姫がうつむいたと思ったら、急に泣き出したので転子は驚いた。

「ど、どうしたの？　姫ちゃん！」

加夏が亡くなったときがはじめてで、それまで彼女の涙など見たことがない。しっかり者で明るい性格というのが、転子の思い描く今川姫の姿だ。天満路千尋と少し似ているところが、すぐに仲良くなれた要因かもしれない、とさえ思っている。

「才子ちゃんが亡くなったとき……」

姫が涙声で喋《しゃべ》りはじめた。

「うち、ほんまにショックやった。けど、自分も見殺しにしたんやないかって思うたら、恐ろしなって……」

「そんな……。だって姫ちゃんが奥の部屋に行ったのは、才子さんが倒れてから、ずいぶんと時間が経ったあとでしょ」

「せやけど、そのときすぐ救急車を呼んでたら――」

「だから、その判断は部長と副部長がしたわけだし、一年生だった姫ちゃんが口出しできなかったのは、仕方ないと思うよ」

「うちも、そう自分に言い聞かしたんやけど……」

「そうだよ」

「でもな、加夏先輩のこともあるんや」

「えっ？　だってあのときは――」

「ううん、加夏さんが倒れたときやのうて、戸村さんが四隅の間の儀式を、よりによってあの地下室でやろうって言うたときなんや」

「姫ちゃんの様子、ちょっとおかしかったね」

彼女にとっては、忌まわしい過去の記憶が残る場所だったのだから、あれは当たり前の反応だったわけだ。

「あそこで止めるべきやった。さすがに加夏さんも驚いてたみたいで、きっとあのときは反対やったと思う」

「でも、そのあとで部長に説得された？」

ホールの談話室で目にした二人の光景が、転子の脳裏に蘇《よみがえ》った。

「おそらく、そうやろな。つまり、うちが止めるべきやったんや」

「それは……」

「点子ちゃんにも事情を打ち明け、参加せんよう頼んどったら、たとえ佳人君が助《すけ》っ人《と》に入っても人数が足らんから、自然とお流れになって……」

「あの部長のことだから、他の学生を連れて来るよ」

「今は夏休みで、日光荘のほうにも人はあんまり残ってないし。それに二年生以上は才子ちゃんのこと知ってるから、まず協力せんかった思う」

「………」

「何が何でも止めてたら、加夏さんも死なずにすんだのに……」

「酷《ひど》い言い方になるけど——」

まず姫の罪悪感を軽くしなければ、と転子は考えた。

「加夏先輩は自分の判断で、儀式に参加したわけでしょ。星印のくじを引いたのは、あくまでも偶然だった。けど、あのとき部屋の真ん中に立ったのは、少なくとも半分は彼女の意思だったことになる。だから姫ちゃんが――」

「違う……」

「えっ……」

「うちが後悔してるんは、ああいった儀式を甘《あま》う見てたこと。言うても百怪倶楽部の活動やからと、頭から馬鹿にしてたことなんや」

四隅の間の説明を聞いていたときの姫は、確かに少し茂をからかっているような雰囲気があった。ただ、その場所が例の地下室と分かってからは、急に様子がおかしくなった。つまり死者に対する冒瀆《ぼうとく》だと感じたからではないのか。

そう転子が尋ねると、彼女は悔恨の表情を浮かべつつ、

「罰当たりやないか、とは思うた。けど、奥の部屋は使わへんと聞いたとたん、それならありかも……って考えてしもうた。加夏さんは参加する気みたいやし、点子ちゃんは何も知らんし、うちがここで抜けたら、戸村さんらに臆病者《おくびょうもの》やと思われるんやないか……って、ふと思うたら、何も言えんようになって――」

「うん……」

「まったく恐ろしなかった言うたら嘘になるけど、正直そんな何も起こるはずないやんか、とは思うてた。せやのに……」

「あのとき、六人目がいたよね」

こっくりと姫がうなずく。

「それって……才子さんだと思う？」

再び姫がうなずく。

「加夏先輩が亡くなったのは、そのせい？」

三たび姫はうなずくと、

「ただな、うちは罰が当たったんやとしか感じてなかった」

「罰？」

「六人目が出たとも、それが才子さんやないかとも、まったく考えてなかったんや。仮にそう言われても、絶対に信じんかった思う」

「で、でも、姫ちゃん、たった今――」

「あのな、実は昨日の夜中やねんけど――」

姫はなかなか寝つけず、ベッドの中で悶々《もんもん》としていた。

四隅の間の儀式によって怪異が起こり、それで加夏が死んだとは思わなかったが、人ひとりが亡くなったのは事実である。過去に二人が命を落としている場所と知りながら、ふざけた行ないをした結果が、これなのだ。

きっと罰が当たったんや。

幼いころから神仏への信心は普通に持っていた。だから因果応報はあると信じている。ただし幽霊だの祟《たた》りだの呪いだのは、かなり眉唾《まゆつば》ではないかと感じる。それに類した世界は存在するにしても、世間で騒ぐほどそんなものが大手をふって、そう簡単に出て来るわけがない。

沢中加夏の死は、あくまでも不幸な偶然である。しかし、避けることはできた。茂が昨年の百物語の会と才子の死について、転子に打ち明けるのを聞いているとき、とてつもない後悔の念に姫は襲われた。

うちは才子ちゃんの死を、まったく無駄にしてる。

同じ過ちを犯し、また人が亡くなってしまった。そう考えると、なかなか眠ることができない。

それでも横になっているうちに、うとうとしたらしい。

ヒヤッとする風を感じ、ふと目が覚めた。夏だというのに、昨夜《ゆうべ》は涼しい風が吹いていた。窓は開けてある。だから部屋の中に――

えっ……？

風が流れていた。たとえ窓を全開にしても、部屋の中に入った風が通り過ぎることはない。出口がないからだ。風が部屋を通り抜けるのは、廊下側の扉が開いているときだけである。

確か鍵《かぎ》は閉めたはず……？

日光荘も月光荘も、どちらも女子寮は過去に風呂《ふろ》場を覗《のぞ》かれたり、下着を盗まれたりした事件があった。だから、就寝時には必ず鍵をかけるようにと、入寮したときから先輩に言われている。寝る前の扉の施錠は、もう習慣になっていた。

けど、風が流れてる……？

寝苦しい真夏の深夜に吹く、それは清涼な風のはずだった。だが、さわさわとした夜風の動きを首筋に感じたとたん、ぞっと項《うなじ》の毛が逆立った。

姫の身体は窓を背にし、正面を扉に向けて寝ていた。恐る恐る薄目を開くと暗がりの中にもかかわらず、扉が少しだけ内側に開いているのが分かった。

嘘……、まさか閉め忘れた？

いや、そんなはずはない。ベッドに入る前、ちゃんと鍵をかけた。もし仮に施錠を忘れていても、これまで勝手に扉が開いたことなど一度もない。

と——その扉が目の前で、ゆっくり動きはじめた。

ち、痴漢……!?

とても現実的な恐怖を思い描く。ひとり暮らしの女性が襲われたニュースは、よく耳にする。夏休みで人気のない女子寮など、まさに痴漢の狙い目ではないか。

大声をあげようとした、そのとき――

内側に開いた扉の隙間から、ぬっと黒い顔が覗いた。それは長い髪の毛を持った、真っ黒な女のように見えた。

たちまち全身がぞっと粟立《あわだ》ち、髪の毛が逆立つ。

扉の陰から顔だけを覗かせた黒い女が、じーっと姫を見つめている。黒いベールのため相手の両目は確認できないが、間違いなくこちらを凝視しているのは分かる。

そして――

ゆっくりと黒い女が部屋の中に入って来ようとした。

その瞬間、姫は枕元の電話の受話器をつかむと「1」のプッシュボタンを押し、泣き叫びながら寮母を呼んでいた。

気がつくと、扉がノックされている。自分を心配げに呼ぶ声が聞こえる。慌てて扉まで行くと、ちゃんと鍵がかかっていた。

扉を開けると、すぐに寮母が入って来て事情を聞かれた。今あったことを伝えると、「まぁ……」と驚かれたが、相手が半信半疑らしいことが、とても強く伝わってきた。扉は閉まっていたうえに、完全に施錠されてもいた。何者であれ廊下側から開けられるわけがない。

きっと悪夢に魘《うな》されたのだろう……と、寮母は思っているらしい。違うと言いたかったが、その元気もない。

興奮して怯《おび》える姫が眠るまで、寮母はずっと一緒にいてくれたという。

「目が覚めたら、もう朝やった」

姫の話を聞いた転子は、自分が部屋に行って声をかけたのが、彼女が起きてから間もなかったことを知った。

「それじゃ、ずっとベッドに入ってたのは――」

「怖かったから……」

「…………」

「やっぱりあぁいうのおるんやって、うち分かった。そう考えたら、ベッドから出られんようになって……。けど、もう日が暮れる思うたら、今度は部屋にひとりでおるんが怖うなって、それで――」

転子のところに来たわけだ。

その夜、二人は夕食も風呂も洗面も、すべて行動を共にした。姫の提案で就寝前になってから、寮母に部屋の合鍵のことを確かめたが、ちゃんと彼女が管理しており持ち出しは不可能だと判明した。

ちょうどそこへ健太郎が帰って来た。かなり飲んだようで、とても酒臭い。夜食をねだ

りに来たと知ると、姫が怒った口調で、

「まだ寮母さんに、仕事をさせはるんですか」

「私も八月は夏休みで、本を読んで夜更かしをしてますからね。大丈夫ですよ」

思えば昨夜、夜中にもかかわらず寮母がすぐ内線電話に出て、姫の部屋に駆けつけることができたのも、そのお蔭《かげ》だったわけだ。

自分も寮母にいらぬ世話をかけたのだと、あらためて気づいたのか、急に姫が黙りこんだ。そんな彼女を気づかいながらも、寮母は健太郎を食堂へと連れて行った。

このとき姫が健太郎に文句ではなく、茂は一緒ではなかったのかと一言でも尋ねていれば、ひょっとすると事態は変わっていたのかもしれない。

しかし二人は転子の部屋に戻ると、すぐに同じベッドで一緒に就寝してしまった。

十二　二人目……

中華料理屋を出たところで、茂はショット・バーに健太郎を誘った。とにかく酒を飲んで、とことん酔いたいと思った。

健太郎は黙ってついて来た。ただ一軒目での饒舌《じょうぜつ》が嘘のように、ほとんど口をきかずひたすら酒を干し続けている。

「よし！　今夜は飲もう」

茂もハイピッチで酒に口をつける。もっとも彼のほうは、たえず喋《しゃべ》っていた。内容などは関係なかった。とにかく話していないと落ち着かない。二人の間に少しでも沈黙が降りると、再び健太郎が恐ろしい体験を語り出しそうで、それが厭《いや》だった。

自分でも何を喋っているのか、そのうち茂は分からなくなってきた。それでも目の前の健太郎が相槌《あいづち》を打つため、ひたすら話し続けた。酒も飲み続けた。

「おい、帰るぞ」

肩をゆすられて、ハッと気がつく。いつの間にかテーブルに伏せていた。どうやら寝てしまったらしい。

「もう一軒……行くか」

店を出たところで、さらに健太郎を誘う。

「いや、ちょっと腹が減った。さっきの中華料理屋では話に夢中で、あんまり食べてなかったからな」

「なら、ラーメンでも食いに行こう」

「僕は、貴子さんの夜食がいい」

「付き合えよ」

「今夜は、もう止めとこう」

結局、二人はショット・バーを出たところで別れた。

茂は少し迷ってから、こぢんまりとした飲み屋が集まる田幡《たばた》町のほうへ、夜風に吹かれながら歩き出した。

こんな中途半端な酔いじゃ……駄目だ。

加夏の死から、眠れない夜が続いている。さすがに連日ともなると日中はうとうとしてしまう。しかし、夜になると眠れない。このままではベッドの上で転々としながら、また夜明けを迎えることになる。

酔いつぶれて寝るしかないな。

道の両側には民家が建っていた。ところどころ二階の窓にぽつんと明かりが点《とも》っているくらいで、ほとんどの家はすでに眠りについている。

安眠する家か……。

そう思うと、とたんにうらやましくなった。あんなふうに人間も、すっと就寝できれば良いのにと考える。

深閑とした住宅地の、人気のない夜道をふらふら歩いていると、ふっと別の世界に迷いこみそうな不安を覚えた。いや、不安ではなく一種の悦楽だろうか。

この世にはオカルト的な事象が存在する――。

そう茂は信じていた。だが、そのこと自体は、実はどうでも良かった。怪奇的な雰囲気や幻想的な匂いさえ体感できれば、彼は満足だった。だから、それをもたらすものが実話系の怪談話だけでなく、怪奇小説、ホラー映画、心霊写真、お化け屋敷、心霊スポットなど、何でも構わなかった。

怖いと感じられること――それが第一である。そこそこのレベルに達していれば、ものが本物であれ創作物であれ彼は気にしなかった。それが我が身に降りかからなければ……であるが。

心地良いはずの夜風に、ぶるっと身体を震わせた茂は、少し早足で歩き出した。ただし酔いが回っているため、その足取りは乱れている。

あいつが、あそこまで怖がるなんて……。

どちらかと言えば、健太郎は理論派だった。オカルトの世界に論理的な思考が合うわけはないのだが、彼のスタンスは一貫している。ある意味では茂と似ていた。怪異そのものの是非よりも、そういった現象がなぜ起こるのか、また起こると人はどうして思いこむのか、その仕組みに興味があるようだった。

でも、あいつは昨日の深夜、地下から上がって来た黒い女を見た……。

自分と違って健太郎が真面目な性格であり、こんな嘘をつくわけがないことは茂が一番よく知っている。普段でもそうなのに、人がひとり死んでいる今の状況では、なおさら絶対にあり得ない。

加夏……。

彼女が星印のくじを引いたのは、決して偶然ではなかった。そもそも「A1」と「A2」、それに「B」「C」「D」を記した紙片に、彼は星印など書いていない。

「本当に六人目が現れたらどうするの？　それも私の前か後ろの人がそれだったら……。考えただけで頭がおかしくなるわ」

そう言って四隅の間への参加を渋った彼女に対し、茂の出した妥協案が、最初から星印の役目を与えることだった。

「仮に六人目が出現しても、それは君が四角形の循環から離れたあとになる。これなら安心だろ。しかも、君は自分の好きな願い事を口にしていいんだ」

この説得が功を奏し、どうにか加夏を引き止めることができた。なのに、あんなことになるとは……。さすがに茂も恐れ慄《おのの》いた。

本当に六人目が現れたのか……？

加夏の死は才子の祟《たた》りなのか……？

正直よく分からない。しかし、あの地下で女性ばかりが三人も死んだことについては、やはり因縁めいたものを感じる。そういった場所で、四隅の間のような儀式を行なうべきではなかったと、遅まきながら反省もした。

とはいえ、加夏には冷たいようだが、すべては終わったことだ。そう思っていた。なのに、とんでもないことを健太郎が言い出して——

……………誰かに見られている？

ふと、そんな気がした。とたんに、ぞくっとする厭な震えが背筋に走る。だが、すぐに考え直した。

あっ、健太郎のやつ、やっぱり戻って来たんだ！

本当なら今ごろは寮に着いているはずだ。だが、きっと彼も飲みたりなかったに違いない。それで引き返して来たのだろう。

茂は苦笑いを浮かべると、急いでふり返った。

誰もいない……。

道の右手には公園があり、左手はマンションだった。どちらも人気はまったくない。マンションは各階の廊下に明かりが点り、その前の街路灯も輝いている。しかし、一方の公園はトイレの正面の電灯が光っているだけで、とても薄暗い。なまじ向かい側が明るいだけに、園内の眺めは陰に籠《こも》っていた。

その暗がりで動くものがあった。思わずドキッとする。とっさに逃げ出しそうになりながらも、思い留《とど》まって目を凝らす。

ブランコがゆれていた……。

もちろん誰も乗っていない。先ほどから風はあるが、公園のブランコを動かすくらいきつくは吹いていない。

微《かす》かにキィキィ……と鎖の軋《きし》む音が聞こえてくる。たった今まで誰かが乗っていて、さっと飛び降りた直後のように見える。

馬鹿な……。

先を急ごうとしたとたん、妙な物音が耳についた。

カン……、カン……、カン……。

それはブランコの横にある、滑り台の向こうから響いていた。まるで滑り台の鉄製の階段を、ひとつずつ上っているような足音が……。

目をそらせたいのに、逆に凝視してしまう。耳をふさぎたいのに、むしろすませてしまう。さすがに公園へ近づくことはしなかったが、茂の意識のすべては暗がりの滑り台に向けられていた。

カン……、カン……、カン……。

やがて黒くて丸いものが、ゆっくりと台の天辺《てっぺん》に現れはじめたかと思うと、それは髪の長い女の首となった。

滑り台の向こう側から、黒い女がこちらを覗《のぞ》いていた。

茂は脱兎《だっと》のごとく走り出した。ひたすら田幡町を目指して駆け続けた。しかし、すぐに息がきれ、足がもつれた。さらに酔いが回り、頭がガンガンと痛みはじめる。にもかかわらず身体は前へ出ようとする。少しでも公園から離れたいという気持ちが、決して彼を休ませてはくれない。

もう駄目だ……。

倒れそうになったところで、ようやく国道に出た。田幡の飲み屋街は、この反対側にある。夜中でもここは交通量が多く、トラックが物凄《ものすご》いスピードで走っている。とても渡ることはできない。あいにく信号のある横断歩道は離れた場所にあるため、いつも茂たちは歩道橋を利用していた。

ふらふらになりながら階段を上がる。寮に帰ったほうが良いのではと思いつつ、あの公園の側を通ると考えただけで、その気が失《う》せる。いずれは帰路につかなければならないが、飲んでいるうちに門限が過ぎるに違いない。

歩道橋の上に立ったところで、茂は来た道を見下ろした。

街路灯に照らされた薄暗い道が、住宅街の中に延びている。だが、そこには黒い女どころか人っ子ひとり見えない。

こっちには来なかった……？

走ったうえに階段を上ったせいで、とても息が荒い。しばらく手すりにもたれて休憩する。それから安堵《あんど》の溜息《ためいき》を大きくはくと、反対側の階段へと向かった。が、すぐに厭《いや》な考えがふと浮かんだ。

あれは月光荘から俺たちに憑《つ》いて来たのか……？

茂も健太郎もまったく気づかなかったが、ずっと二人の近くにいたのかもしれない。そして健太郎が寮へと帰るのを待って、茂のほうにやって来たのではないか。

冗談じゃない。

こうなったら今夜は、誰か友だちの家に泊めてもらうしかない。実家に帰省したり、旅行や住みこみのアルバイトに出ている者も多いだろうが、数を当たれば何とかなる。第一このまま飲み続ければ、寮の門限には絶対に間に合わないのは目に見えている。

寮に戻る必要はない――と思うと、ずいぶんと気が楽になり、足取りも軽く歩道橋を渡っていた。

田幡町では常連であるバー〈月蝕《げっしょく》〉に顔を出すと、すぐママが声をかけてきた。

「あら、部長さん、今日はおひとり？」

「健太郎と一緒だったけど、あいつは先に帰ったんだ。それよりもママ、前から言ってるけど、その部長さん――っていうのは止めてよ。なんかサラリーマンになったみたいで嫌だからさ」

「まぁー、ご挨拶《あいさつ》だわ。係長でも課長でもなく、部長なのにねぇ」

と最後のほうは他の客に話をふっている。

「俺は結局……課長止まりだったなぁ」

「いやいや私なんか、いわゆる万年係長でしたよ」

引退して悠々自適に暮らしているらしい年輩の常連客が二人、それぞれ苦笑いしながら答えた。

「ほら、ご覧なさい。部長さんて呼んでもらえるだけでも感謝しなきゃ」

「はい、はい」

適当に返事をしながらカウンターに座ると、すっとコースターを出しながらママが、

「副部長さんは上手《うま》く言いくるめて、先に帰したってわけね」

訳の分からないことを囁《ささや》いた。

「えっ、何のこと？」

「とぼけなさんな。ここで逢《あ》い引きするつもりなんでしょ」

そう言いつつ棚から百怪倶楽部のボトルを取り出すと、手早く水割りを作って茂の前に置いた。

「あ、逢い引き？」

「あら、私も表現が古いわよね。でも、いい言葉だと思わない？」

「い、いや……ちょっとママ、どういうことだよ」

そこでママは呆《あき》れたような顔をすると、

「ついさっき髪の長い女の子が、『戸村茂は来ていませんか』って、ここに訪ねて来たんだけど――」

「…………」

「部長さんは、しらばっくれるわけね」

「ど、どんな女だった……？」

質問する茂を、往生際が悪いと言わんばかりにママは見つめ返したが、ふっと表情を曇らせると、

「そう言えば……よく見えなかったわね」

「店には入って来なかった？」

「ええ。扉を少しだけ開けて、あなたが来ていないか確認したら、すぐ行っちゃったのよ。だから私もチラッとしか見てなくって……。黒い服でも着てたのかしらね。ほとんど外の暗がりに溶けこんでたわ」

「…………」

「やだっ……。あの子、部長さんの彼女じゃないの？」

あまりにも茂の表情が異様だったためか、ママが目を丸くして口に片手を当てている。

一方の彼は、ただ力なく首をふるだけで何も喋《しゃべ》れない。

「そう……、おかしいなとは思ったのよ。身内でもなさそうなのに、戸村茂なんて呼び捨てにしてね。私が『入って待ってもいいわよ』って、せっかく言ってるのに、ふいっといなくなって……」

そのとき年輩の男のひとりが、急に口をはさんできた。

「へぇ。本当にそんな子が来てたんだな」

「何を言ってるの。ちゃんと相手してたでしょ」

「いや、突然ママが妙なことを言いはじめたから、俺はびっくりしてさ」

もうひとりの男も、うんうんとうなずいている。

「それで扉のほうを見たけど、ちゃんと閉まってるし。こりゃ、てっきりボケでもはじまったかと——」

「失礼ね！　まだまだそんな歳じゃないわ」

あとはママと男の言い合いになり、それを二人目の男が仲裁したため、店の中は一気に賑《にぎ》やかになった。

だが茂だけは、ひとり静かに水割りを飲んでいた。ママが目ざとく見つけてお代わりを作ってくれるため、彼はひたすらボトルのウイスキーを干し続けた。

あの黒い女が先回りをしたのか……。

茂が歩道橋の上で休んでいる間に、信号機のある横断歩道を渡ったのだとしたら、なんとか先回りをすることはできるかもしれない。

けど、何のために？

と思ったところで、意味などないのだと悟る。

あれが俺に憑いているから……。

先回りの可能性についても相手が人間でないのであれば、言うまでもなく考えるだけ無駄である。そう気づいて苦笑しかけたが、もっと他に考えなければならない問題に思い当たり、茂の顔が真剣になった。

健太郎の心配する通り、何か手を打たないと……。このままではまずいぞ。

ママは何度か茂に話しかけようとした。しかし、そのたびに彼の表情を見て思いとどまっているらしい。彼を訪ねて来た女性とは、何か訳ありの関係なのだろう、と勝手に決めつけているのが分かる。

ああ、大いに訳ありだよ。

心の中でママに応《こた》えると、茂は黒い女への対処法に悩みつつも、とりあえず恐怖をまぎらわすために飲み続けた。

「ちょっと部長さん、大丈夫なの？」

「…………」

いつの間にかカウンターで寝ていたらしい。店内を見回すと、二人いた男性客も帰ったのか誰もいない。時計を見ると、看板の午前二時を過ぎている。

「あっ、ごめん……」

「ちゃんと歩いて帰れる?」

ママがお冷やを出しながら、酔い加減を確認するように茂を眺めた。

「うん。今夜は、友だちのところに泊めてもらうから」

「今から行くの? 迷惑でしょ」

「大丈夫、まったく平気だよ。夜が明けるまで、まず寝ない連中ばかりだから」

「そう? じゃあ気をつけてね」

表まで送って出たママに「おやすみ」の挨拶をすると、茂は国道に向かって歩きはじめた。誰の部屋に転がりこむにしろ、あの歩道橋を渡って戻らなければならない。

でも、公園の前の道だけはごめんだ。

方角的には月光荘のほうに進む必要はあったが、国道を渡ったところから別の道に入り、少し遠回りをするつもりだった。

それでも茂は、ぽつぽつと街路灯の明かりが点《とも》る夜道を歩きながら、絶えず周囲に視線を配っていた。もちろん、あの黒い女を警戒して。

いないな……。

ひとまず安心したが、家と家の間の暗い路地や、明かりが消えている電柱の陰などが気になって仕方がない。

いや、どこにも見えない。大丈夫だ。

ひょっとすると、あまり月光荘の地下から離れられないのかもしれない。先ほどの公園あたりが限界だったら……と都合の良い解釈をする。

もし本当に行動範囲が絞られるのであれば、片がつくまで寮に戻らなければいい。ただし問題は、その片のつけ方にある。

供養……、お祓《はら》い……、除霊……ということになるのか。

だが、そんなことができる知り合いはいない。いわゆる霊能者に頼むにしても、どうやって信頼できる人を探すのか。へたをすると何の効果もないままに、とてつもない料金を吹っかけられる可能性もある。かといって神社や寺にお願いしても、そこまでの力を持った神主や僧侶《そうりょ》が、今の時代の社寺にいるのかどうか。

健太郎なら心当たりがあるかもしれない。

明日、さっそく相談しようと決める。今夜は健太郎の話を聞くので精一杯だったが、彼とは今後のことで色々と詰めておく必要がある。

そのうち国道に出た。こんな夜中にもかかわらず、相変わらず交通量は多い。それに反して人気はまったくない。

走行する車の騒音が満ちているのに、歩いている人は誰もいない……。それは騒がしさの中に異様な物寂しさが感じられる、なんとも奇態な風景だった。

目の前を通り過ぎる車には人が乗っている。運転者だけでなく同乗者まで含めると、かなりの人数が彼の近くにいることになる。でも、その人々は数秒後にはいなくなってしまう。そしてまた新しい車と人が来て、同じように去って行く。つまり今、ここに存在していると言える人間は、本当は自分ひとりだけなのだ。

そう感じた茂は、とても薄気味悪くなった。

早く渡ってしまおう。

歩道橋の階段を上がりはじめる。来たときに比べると、さらに足が重い。途中で何度も立ち止まり、休みながら上り続ける。

もう少しだ……。

最後の段を上り切って天辺《てっぺん》に立ち、そこで一息つく。それから橋を渡り出そうとしたところで、茂の足がピタッと止まった。

歩道橋の反対側に、黒い女が立っていた……。

慌てて踵《きびす》を返し、階段を駆け降り、そのまま逃げようとした。一気に〈月蝕〉まで走り、ママに助けを求めようと思った。

が――

茂が振り向くと、目の前に黒い女がいた。

えっ……？

　頭が混乱する。逃げなければと考えながら、どうしてという疑問が浮かぶ。その一瞬の間が、彼にとって命取りとなった。

「あっ！」

　と叫んだ次の瞬間、戸村茂は上って来たばかりの階段を、頭から真っ逆様に転げ落ちていた。

十三　依頼人

「病院には行きましたか」

　弦矢俊一郎《つるやしゆんいちろう》は訪問者を死視《しし》したあと、その話を一通り黙って聞いてから、いきなり質問した。

「えっ……。いや、行ってない」

　某有名企業の専務取締役の名刺を出した内田《うちだ》という男は、まだ三十代半ばに見えた。会社勤めの経験が一切ない俊一郎にでも、いわゆる出世コースを目の前の男が歩んでいることくらい察しはつく。

「病気なのか……私は？」

「俺は医者じゃないから、断定はできない」

ぶっきらぼうな俊一郎の返答に、明らかに内田はムッとした表情で、

「そんなことも分からないで、高い料金をふんだくるのか」

「依頼料は、あくまでも寸志《すんし》です。紹介者から何を聞いたのか知りませんが、こちらの意見が役に立ったかどうか、あなた自身が判断をして、それに見合った金額を決めてもらえれば結構です」

祖母のやり方を踏襲したわけだが、こんなことをしているから探偵事務所の経営が火の車なのだと、ようやく最近になって思わないではない。

だいたい祖母の場合は仮に寸志を断わっても、依頼人のほうから「なにとぞお収め下さい」と、ほとんど確実に謝礼を渡そうとする。しかも人によっては、それが巨額になるのだから、俊一郎とは雲泥の差があった。

「いくらかかろうが、そんなことはいいんだ。病気なのか違うのか、それをはっきりさせてくれ」

「ここで判断するのは、まず依頼人に死が迫っているのかどうか。次に、その死の正体は何かということで——」

「それだ。死の正体を突き止めるってことは、依頼人が病魔におかされている場合、その病名を当てなきゃ意味がないだろ」

「ですから、それは医者の役目です。ここでは、死の種類を特定して——」

「死の種類って何だよ？　いい加減なこと言って、誤魔化す気じゃないだろうな。まったく、推薦状がなかったら来てないぞ、こんなところ」

内田が不審がるのも、あながち無理はなかった。どう見ても弦矢俊一郎は二十歳《はたち》前にしか映らず、しかも愛想がまったく感じられない。慇懃《いんぎん》無礼という以上に、極めて冷たい印象を相手に与えてしまう。

「死と一口に言っても——」

今も依頼人の罵倒《ばとう》に言い返すことなく、淡々と説明をはじめている。

「自然災害や交通事故などで命を落とす場合、通り魔や保険金目当てで殺される場合、自ら命を絶つ場合と、まさに様々です」

「…………」

「誰かに命を狙われている——というケースだけでも、あなたが不特定多数の被害者のひとりなのか、あるグループの中のひとりなのか、あくまでも個人としてなのか、によって大きく違ってくる」

「な、なるほど」

俊一郎の説明に、内田も一応は納得したらしい。

「ただ、あなたの場合は、そういった例には視《み》えません」

「そうなのか……」

あからさまにホッとした表情を内田は浮かべた。誰かから殺される危険はないと言われ、思わず安堵《あんど》したのだろう。

「でも、すぐに病院で検査を受けたほうがいい」

「あ、危ないのか……」

「言わば暗雲低迷です」

「なんだそれは？」

「良くないことが起こりそうな、危険で不安な様子のこと」

「若いくせに、年寄りみたいな言い方を――」

ほとんど祖父母に育てられた俊一郎は、子どものころから二人が口にする四字熟語や諺《ことわざ》に親しんできた。そのためか、つい口に出てしまう。

「それで、い、命に関わるような……病気なのか」

「だから、それを病院で突き止めるんです」

「し、死ぬのか……私は？」

「何もせずに、このまま放っておけば――」

内田には、はっきりと死相が出ていた。それは彼の頭の天辺から足の爪先《つまさき》まで、ちょうど右半分だけを被《おお》う真っ黒な靄《もや》として視えている。

他人《ひと》の身体に現れる「死の影」を認めることができる——という特殊な能力を、俊一郎は幼いころから持っていた。これのせいで彼は成長するにしたがい、悩み、傷つき、いじめられ、怖い目に遭い……と散々な経験をしてきている。

しかし、今ではこの能力を活《い》かすために、東京は神保町《じんぼうちょう》に建つ産土《うぶすな》ビルに〈弦矢俊一郎探偵事務所〉を開業していた。

彼に独立をすすめたのは、奈良の杏羅《あんら》に住む祖父の弦矢駿作《しゅんさく》である。そもそも死相が視える特殊な力を「死視」と名づけたのは、一部に熱狂的な読者を持つ孤高の怪奇幻想作家である祖父だった。

「わしはな、実は『死相学』という原稿を書き続けておる」

東京に出る前、そう祖父から打ち明けられた。なんでも俊一郎が視る死相をビジュアル的な要素を基に分類整理し、項目ごとの視え方を分析したうえで、最終的には体系化を目指す学術書らしい。

それまでの祖父の著作が小説中心だったため、この取り組みには俊一郎も驚いた。ただ『死相学』を著す動機には、特殊な能力を持ったために苦労する孫の手助けを少しでもしたい、という祖父の愛情もあると悟り、できるだけ協力したいとは思っている。

もっとも祖父は、

「良い題材になると思えば、小説のネタとしても使う」

と口にしているため、どこまでが俊一郎のことを想ってなのかは分からない。

拝み屋である祖母の愛が関わった除霊や憑《つ》き物落とし、呪詛《じゅそ》祓《はら》いや怨霊《おんりょう》封じなどを、すでに怪奇小説のネタとして散々モデルにしている前科が、実は祖父にはあった。よって孫のために研究してくれている――と、単純には喜んで良いものかどうか。今でも俊一郎は決めかねていた。

とはいえ「愛染様《あいぜん》」と呼ばれて親しまれ、全国各地から相談者が訪れる祖母の仕事にとって、この祖父の行為は大いに役立っていた。

なぜなら、祖父が生み出す怪奇小説は単なる創作ではなかったからだ。

杏羅町にある祖父母の家の裏庭には、とある塚が祀《まつ》られており、祖母が祓い落としたものを封じる場になっていた。しかし、長年にわたって積もり、溜《た》まり、集ったものたちは、やがてとんでもない力を発揮する恐れがあった。そのうち塚の封じこめを破ってしまう危険を孕《はら》んでいた。

そこで祖父は、祓われた悪しきものたちを題材にして創作を行ない、小説というひとつの閉じた世界にも封じてしまう――という二重の防衛策を編み出したのである。

ただし祖母に言わせると、

「あれは、あん人が怪奇小説のネタに困って、そいでこっちの相談者の話を参考にするようになったんが、そもそものはじまりや。それが驚いたことに、たまたまそういう効果があると分かった。これには祖母《ばあ》ちゃんも、いやぁ、たまげたなぁ」

といった話になるので、どちらが本当かは俊一郎にも分からない。この二人の「連係」が今でも続いていることから、その効果の確かさだけは間違いないと思っている。祖父母の様々な資質を、自分が受け継いでいることも含めて――。

「死相が出ているのか！」

応接セットのソファから身を乗り出し、内田が詰め寄ってきた。

「私の顔に、し、死の影が出ているんだな？」

実際には顔だけではなかったうえ、死視の結果の告知はひかえるようにしているのだが、俊一郎はうなずいた。とにかく今は、一刻も早く病院に行かせることが必要だと判断したからだ。

内田の年齢と名刺の肩書から、おそらく社内には敵が多いのではないかと考え、当初は呪詛を疑った。おのれの出世や派閥争いのために、邪魔なライバルや目障りなヤツに呪いをかける――そういう事件が、実はしばしば起きている。もちろん警察は知らない。いや、仮にその事実を認めていても捜査はできない。被害者のことごとくが、事故死や自殺や病死だからだ。

人を呪いによって死に追いやる……。

言うまでもなく、その実施は非常に難しい。極めて特殊な修行を積んだ、ある種の術者でなければ無理である。そういった人物でさえ、へたをすると自分自身の命を危険に晒《さら》す恐れと隣り合わせと言える。

ただ、ほとんどの術者は、そういう能力を持っていても絶対に使わない。どれほど懇願されても、そんな依頼は即座にはねつける。逆に邪心を起こすと碌《ろく》なことはないと、相手を諭すはずである。

ところが、呪術《じゅじゅつ》を商売にしている輩《やから》が、この日本にも存在していた。たいていは呪いをかける相手の命までは取らないが、病気や怪我を負わせたり、事業の失敗や家財の損失など、必ず何らかの不幸をもたらせる。そういう唾棄《だき》すべき行為を生業《なりわい》にしている術者がいるのは事実だった。

このあたりの顔触れについては、おおよそ祖母も把握している。そのため被害者から相談を受ければ、きちんと対応することができた。あまりにも悪質なものには、呪詛返しを行なう場合さえあった。

しかし、そんな祖母でも、大いに手を焼く術者がひとりだけいた。その経歴を知る者は誰もおらず、依頼人でさえ直接は会えないらしい文字通り謎の人物である。

存在だけは前々から囁《ささや》かれていた。実際に呪術をかけられて死んだ、と見なされる被害者もいたという。ただ、どちらかといえば噂の域を出ない、あくまでもこの業界内部の都市伝説的な話だった。

それが今年の春ごろから、妙に目立つ動きを見せはじめた。もっとも、本人が表に出ることは絶対になかった。この人物が裏で糸を引いているのだろう、と思われる事件が増え出したのだ。

その最大の事例が、弦矢俊一郎探偵事務所の最初の事件とも言える、今年の春に世田谷区の音槻《ねつき》にある入谷《いりや》邸で起こった入谷一族を巡る連続怪死事件だった。

十三の呪——とも呼ぶべき、まったく新しい呪法を駆使した連続殺人を解決するために、俊一郎は入谷邸に乗りこんだ。そして、辛うじて勝利を収めた経験がある。

黒術師……。

いつしか誰が言うともなく業界内で呼ばれ出した名で、これを口にするとき人々は、決まって畏怖《いふ》の念に囚《とら》われるという。「愛染様」と祖母の愛称を呼ぶとき、そこに畏愛の情があるのとは対照的に。

「ど、どうしてだ？　何かの祟《たた》りなのか……」

さらに内田が身を乗り出す。

死相が出るイコール祟りや呪い——と普通に考える人が、一般人に多いことは長年の経験から知っていたので、俊一郎も特に驚かない。子どものころから死視の能力をコントロールするために、祖母の仕事を手伝いながら修行をしたため、内田のような反応はよく目にする機会があった。

「違います。むしろ何かが、あなたに身体の異常を知らせている」

「何かって……何だ？」

「さぁ、そういうことは、俺には分かりません」

死視する能力しかないのは本当だったが、おそらく依頼人の先祖関係ではないかと察しはつけていた。

なぜなら、内田が語った相談事の内容というのが――

最近よく同じ夢を見る。自分は河原に立っているのだが、右足だけが河に浸《つ》かっている。それが冷たくて気持ち良いので、そのまま全身を入れようとすると、白い着物の老婆が左手を引っ張りどこかへ連れて行こうとする。その顔がとても怖い。

頭や肩、肘《ひじ》や膝《ひざ》など、やたらと何かにぶつけてしまう。よく聞くと、すべて身体の右側だと分かる。

会社で仕事をしていると、線香の匂いが漂ってくる。しかし、どこにも線香などなく、他の社員で嗅《か》いだ者はいない。これも質問した結果、いつも彼の右方向から匂ってくることが判明する。

この数日は視界の片隅に、夢の老婆が現れるようになる。もちろん見回しても、周囲には誰もいない。彼だけが認めているらしい。その状況を詳しく聞き出すと、やはり彼の右側の視界にだけ入ってくるのだと説明される。

以上のような話と死視で映し出された死相の状況から、内田には脳梗塞《こうそく》の恐れがあるのではないか、と俊一郎は見立てていた。あと数日中に突然バタッと倒れて、右半身が麻痺《まひ》する状態に見舞われ、そのまま命を落とす。すべては、その徴《しるし》である。

あまり変なことが続くので、内田は接待で飲んだ帰り道、衝動的に辻《つじ》占いの易者に見てもらった。すると、死相が出ていると言われた。原因は先祖霊の障りだという。助かるためにはお祓いが必要で、力のある霊能者を紹介されそうになったらしい。

なるほど、連係プレーってわけか。

この話を聞いたとき、俊一郎は瞬時に悟った。易者がカモになる客を見つけて色々と脅してから、それを霊能者に回す。そこで除霊などを行ない、馬鹿高い料金をふんだくる。あとは二人で山分けという仕組みである。

しかし、これが内田には幸いした。酔った勢いで見てもらったとはいえ、いかにも易者は怪し気だった。だから容易には信用しなかったのだが、やはり死相が出ていると言われては気になる。

翌日、この手の話が嫌いではない役員に相談すると、なんと二日後に、取引先の会社の常務名で書かれた推薦状を渡された。その宛先が、ここ弦矢俊一郎探偵事務所だった。推薦した人物は過去に、祖母によって命を救われていた。そういう「顧客」が数多く存在しており、彼らの紹介によって事務所を訪ねる依頼人が少なくない。

事務所に入って来たときの内田は、半信半疑というより一は信じて九は疑うような態度だった。推薦状の存在だけが、彼の支えだったに違いない。

それでも俊一郎と話をしているうちに、自分に現れているという死相に対して、少しずつ現実味を感じ出したのだろう。今や彼の目は真剣そのものだった。

「とにかく、すぐ病院に行って下さい。早ければ早いほどいいから」

「わ、分かった。明日にでも――いや、今からでも診てもらえないか、すぐに電話してみる。まだ午前中だから、昼から診察してもらえるかもしれない」

「そうして下さい」

祖母の手伝いをしていたときは、相談者を死視するだけで良かった。どんな死相が視《み》えるのか、詳細を祖母に伝えるだけで、彼の役目はほとんど終わった。

だが、今はそういうわけにいかない。依頼人に現れている死相を自分で解釈し、その意味を突き止めなければならない。しかも問題の「死」を阻止する方法を、彼自身が編み出す必要がある。

つまり――

依頼人は、未《いま》だ確定されていない「死因」により死亡することが決まっている近い将来の被害者。

弦矢俊一郎は、その「死因」が何かを突き止めて依頼人を「死」から救う探偵。

「死因」は、被害者の命をうばおうと狙い、探偵に死相の謎を突きつける犯人。

――ということになる。

この三者の関係を俊一郎は、祖母の下《もと》で修行をした長い年月の間に、自然と理解するようになっていた。それゆえに、死視の力を活かして自立することを決意したとき、真っ先に探偵事務所の開業を思いついたのである。

病院に急ぐ内田を事務所から送り出すと、デスクの椅子に座った俊一郎は応接セットに目を向けながら、

「おい僕、あの死相は絶対に脳梗塞だろ」

たった今まで自分が腰かけていた、ソファの後ろにいるはずの猫に声をかけた。

「黒い靄《もや》が、まだ薄かったからな」

〈僕〉は祖父母の家で、ほとんど俊一郎と一緒に育った鯖虎猫《さばとら》である。

「今すぐ病院に行けば、命は助かると思うけど」

東京に出て来た俊一郎を追って、はるばる奈良から上京したのだ。犬でも困難な道程なのに、猫の彼がどうやって辿《たど》り着いたのか、実は今でも謎のままである。

「それにしても、医学的な勉強が必要になるとはなぁ……」

死相の正体が病魔だった場合、俊一郎にその知識があるかないかで、死視の解釈にも大きな差が出てくる。

これまでに二人ほど、くも膜下出血や心筋梗塞など、どちらかというと突然死に近い「将来の死因」を抱えた依頼人が来たことがある。二人とも死相を正しく読み解けなかったのだが、念のため病院で診てもらうように助言したことが幸いして、どちらも一命は取り留めた。

ただし、誤って転んだために頭部外傷による急性硬膜外血腫《けっしゅ》から脳浮腫に陥っていた依頼人の場合は、彼が死相の解釈に手間取っている間に亡くなった。相談されてから一日も経たないうちにである。

そんな経験から俊一郎は、医学的な知識が必要だと痛感した。専門的に勉強するつもりはない。現代人が罹《かか》りやすい疾病を年代別に知り、その特徴――どんな症状が現れ、いかなる死を迎えるのか――を学んでおくだけでも、かなり死視の解読には役立つ。今日の依頼人の例でも、あらためて彼は実感していた。

「でも、相手が病魔と分かれば、こっちとしては大いに助かるわけだ」

仮に俊一郎が死相の解釈に難渋し、病の正体を突き止められなくても問題はない。依頼人が病院に行きさえすれば、あとは医者の仕事になるからだ。

「ということは、まず病院に行け――って言うべきなのかな」

ところが、事はそう簡単ではない。よほどの自覚症状がない限り、人は自らすすんで病院には行かない。その傾向は年齢が若いほど特に強い。それに弦矢俊一郎探偵事務所を訪れる者は、多かれ少なかれオカルト的な世界を受け入れている。

「病気だって言っても、なかなか納得しないから困るんだよ」

脳梗塞らしき死相の出ていた内田と同じである。具体的な症状が自分にないため、どうしても他に原因を求めたがるのだ。

「たいていの病気は検査で判明するし、早期に発見できれば治療法もある。助かる見込みも増えるわけだ。けど呪いや祟《たた》りや障りの場合、そういうわけにはいかない。むしろ死相の原因が病魔だと分かったことを、依頼人たちは喜ぶべきなんだ。言わば一病息災のようなものだ。なのに――」

そこで俊一郎は、ようやくソファの後ろから何の反応もないことに気づいた。

「おい、僕。ちゃんと聞いてるのか」

まったく応答がない。

「僕！　僕？　僕……」

大きな声で叫び、呼びかけ、優しく囁《ささや》いても、相変わらず同じである。

「やれやれ……」

俊一郎は大きく溜息《ためいき》をつくと、

「分かったよ。こう呼べばいいんだろ。僕にゃん」

すぐにソファの後ろから、うにゃーという鳴き声が聞こえたと思ったら、鯖虎模様の僕が姿を現した。

「――まったく」

ぼやく俊一郎に、うにゃーともう一声かけると、先ほどまで彼が座っていたソファの肘《ひじ》かけの上に器用に飛び乗り、ちょこんと座った。

祖父母の家に引き取られたとき、まだ子どもだった俊一郎はある事情のため、ほとんど口をきくことができなかった。なんとか喋《しゃべ》ったのは、「僕……」という自分を指す一人称だけである。

同じころ弦矢家には、祖父に〈俊太《しゅんた》〉と名づけられた鯖虎猫がいた。しかし、この子猫は「俊太、ご飯やで」と呼んでも反応せず、俊一郎が「僕……」と口を開くと、うにゃーと必ず答える妙な反応を示した。そのため、いつしか〈俊太〉が〈僕〉になってしまった。

ただし、このままでは俊一郎の「僕」と猫の〈僕〉の区別がつかない。そこで〈僕〉のことを〈僕にゃん〉と呼ぶようになったのである。

ところが、さすがに年齢を重ねるにつれ、この愛称で呼びかけるのが恥ずかしくなってきた。俊一郎は自分のことを、今では「俺」と言う。では〈僕〉に戻しても大丈夫だと思ったのだが、よっぽど機嫌の良いときか、何か緊急の用があって呼んでいるのだと僕が認めない限り、まず返事はしてくれない。

この探偵事務所で共同生活をするのであれば、断じて〈僕〉でなければ困る。いや、〈僕〉という呼称でさえ恥ずかしい。まして〈僕にゃん〉など絶対に認められない。そう俊一郎はかたく心に決め、なるべく〈僕にゃん〉とは呼ばず〈僕〉で通そうとしてきたのだが、結果はこの有り様だった。

「それで、お前も俺の見立てには賛成なのか」

僕が俊一郎の顔をじーっと見てから、にゃーと鳴いた。そこに賛同の徴《しるし》を認め、一応ホッとする。

「やっぱりそうか。依頼人を見ても、毛を逆立てなかったからな」

僕が無反応だったため、最初から病魔の疑いを持ってはいた。とはいえ過信は禁物である。あくまでも僕はオブザーバーのような存在なのだから。

「こいつはな、普通の猫やないで」

他人《ひと》に対して心を閉ざしていた子どものころ、俊一郎が僕と遊んでいると、よく祖母にそう言われた。そのときは、自分だけの特別な猫なんだと思っていた。

しかし、あるとき祖父が当たり前のように、

「ああ、こいつは化猫かもしれんな」

普通の猫でも、歳を取ると化ける可能性があるという。自分で戸の開け閉めをするよう

になったら、もう立派な化猫と見なされるらしい。

以来、俊一郎の僕を見る目が変わった。もちろん嫌いになったわけではない。大好きだからこそ、僕の本当の姿が知りたかったのだ。

「でも、お前は夜中に台所で油をなめないし、祖母《ばあ》ちゃんを殺して本人に成りすますこともないし、仏さんの頭の上をまたいで死人踊りもさせないし……。やっぱり化猫じゃないよ」

子どものころに俊一郎が、ずっと僕を観察したうえで下した結論だ。

ただし、決して普通の猫だとも思わなかった。人間の言葉を理解しているとしか考えられない経験を、何度もしてきたからだ。それはペットとして飼い主の言動が分かる、という範囲をはるかに超えていた。人との意思の疎通が完全にできる。そう俊一郎は信じて疑わなかった。

「何にしろお前は、変わった――」

猫だよ――と言いかけたところで、ノックの音がした。どことなく控え目で、大人しそうなノックだったが、誰かが訪ねて来たのは間違いない。

「はい」

返事をしながら、ソファから降りるように言おうとすると、もう僕の姿は消えていた。

「どうぞ」

廊下に向かって声をかけると、扉がゆっくりと開き、二十歳そこそこに見える女性が顔を覗《のぞ》かせた。

「あのう……」

「何でしょう？」

これでも事務所を開いたときに比べると、ずいぶん愛想良くなったほうである。

子どものころ、本人のためを思って視《み》える死相を口にしたため、彼自身が死神のように誤解された経験が、とても多くある。それゆえ人々から疎まれ、嫌われ、いじめられ……という辛《つら》い目に遭ってきた。その結果、いつしか人間不信に陥り、極端に人付き合いが苦手になってしまった。

これが探偵事務所をやっていくうえで、大きな障害になっていたのだが、

「どうぞ」

それが今では、まだまだ無愛想ながら、客に一応ソファをすすめている。人は変わろうと努力すれば、そして変化が本当に必要だと自分で認めることができれば、ちゃんと変われるわけだ。

「よろしいんですか」

扉から事務所に足を踏み入れながら、まだ女性はためらっている。

「ええ、構いません」

「来客中じゃ……なかったんですか」

「えっ？」

「話し声が聞こえていたので……」

まさか猫と喋っていたとも言えず、俊一郎は身振りで応接セットを示し、さっさと先に自分だけソファに座った。

「お、お邪魔します」

女性が室内に入って来ると、その後ろから同じ年代の女性がもうひとり姿を現した。

俊一郎が「視る／視ない」の切り替えを行ない、二人を死視する。

ずっと「視る」にしておくと、絶えず他人の死相を眺めることになり疲れるため、普段は「視ない」状態にしてある。祖母の下で修行して、身につけた能力だ。

二人とも死相が出ている……。

これまでにも家族や友だちや同僚といった間柄にある複数の人に、死相が視えた例はいくつかある。ただしその場合、視える死相はほとんどが同じだった。

ところが、この二人は違っていた。似ている部分はあるものの、基本的には異なる死相が視えるという、非常に珍しいケースだった。

十四　異なる死相

入埜転子と名乗った女子大生が持参した推薦状は、申し分のないものだった。関西では有名な財閥の、とある人物の名前が記されている。もちろん俊一郎は面識がなかったが、おそらく祖母の顧客に違いない。

もっとも転子は、その人物と何のつながりもないらしい。死相学探偵の存在も、まったく知らなかったという。

今回の件について、転子は京都にいる親友の天満路千尋に相談した。すると両親と親しい間柄である推薦状の人物から、かつて愛染様の噂を聞いたことを千尋が思い出した。彼女が色々と動いた結果、その人の推薦状を持って弦矢俊一郎探偵事務所を訪ねる、そういう話になったのだという。

「どういった事情ですか」

自分たちに死相が視えるのかどうか。目の前の二人が、それを知りたがっているのは充分に察しがつく。だが、彼女たちが陥っている状況を、まず俊一郎が理解することが先だった。

ぶっきらぼうな彼の問いかけにもかかわらず、転子は素直に話しはじめた。しかし、どうも話が前後して要領を得ない。そのため、もうひとりの今川姫という女性が、彼女に代わって説明することになった。

姫は城北大学の百怪倶楽部のことから、月光荘の地下室で起きた過去の女子社員の自殺と田土才子のショック死、そして四隅の間の儀式から沢中加夏の突然死、さらに部長の戸村茂の転落死まで、非常に手際良く語った。

「なるほど」

話を聞いただけでも、百怪倶楽部の面々が怪異に見舞われ、そして命を落とすのは決しておかしくない……と思える条件がそろっている。

その一方で、なぜ転子と姫の死相が違っているのか、それがまったく分からない。むしろ同じであるべきではないのか。

これは早急に、田崎健太郎を死視する必要があるな。

沢中加夏と戸村茂にどんな死相が現れていたのか、二人を視ることができれば良かったのだが、今となっては叶《かな》わない。

「あのう……」

「それで、うちらに死相は出てるんですか」

遠慮がちな転子を制するように、姫が単刀直入に訊《き》いてきた。

「このままやと、うちらも危ないと？」

黙ったまま俊一郎がうなずくと、ほとんど二人は同時に息を飲んだ。だが、姫はすぐに身を乗り出すと、

「どうすればええんです？　お祓《はら》いか何かを、こちらでしてもらえるんですか」

「うちは社寺じゃないから、そういうことはできない」

「せやったら――」

「姫ちゃん、ここは探偵事務所なの。弦矢さんは、なぜ死相が出るのか、その原因を突き止めて下さるの」

転子が横から説明をし、同意を求めるように俊一郎を見た。彼が再び黙ってうなずくと、すかさず姫が、

「突き止めて、どないするんです？」

「原因によります。何が死の根本にあるのか、正体が分からないと、それへの対処法を考えることもできない」

「そんな悠長な……」

「こういう場合、軽挙妄動は危険です」

「はぁ？」

「大して深く考えずに、軽はずみな行ないをすること」

実際、死視して得た印象だけで判断して動いた結果、とんでもない回り道をした経験がある。なんとか依頼人の命を救うことはできたが、あと少し死相を読み解くのが遅れていれば、取り返しのつかない事態になっていただろう。

とはいえ姫が焦るのも無理はない、と俊一郎は冷静にとらえていた。

加夏が死亡したのが二日の未明で、茂が歩道橋の階段から転落死したのが六日の未明、そして今日は八日である。ひとり目と二人目の間の四日の開きに意味があるとすれば、明後日あたり三人目が狙われるかもしれないからだ。

ちなみに戸村茂の事件は、警察によって事故死と断定されていた。体内から多量のアルコールが検出されたうえ、バーのママの「かなり酔っていました」という証言もあり、また現場の歩道橋に争った痕跡《こんせき》もないことから、誤って足を踏み外したと見られた。

「でも原因って、やっぱり才子さんの……祟《たた》りやないんですか」

寮の自室を黒い女に覗かれてから、すっかり今川姫はそう確信しているらしい。

「話を聞いた限りだと、自殺した元オーディオ会社の女性か才子さんかが、四隅の間の六人目となって出てきて、儀式に関わった部員たちに障りを起こしている——と見なせるでしょうね」

ただし死視したとき、黒いレースのようなものが、べったりと二人の顔面を覆っている光景が視《み》えた。外国の葬儀などで、よく洋装の女性が被《かぶ》る黒いトーク型の帽子から垂れているベールと、それは非常によく似ていた。違うのは黒の濃さである。こちらはレースというより布に近い感じがあった。

つまり自殺した女性ではなく、黒っぽいゴシック・ファッションが好きだった才子のほうが障っているのではないか——という解釈ができるわけだ。

しかし、事はそう簡単ではない。転子は黒いベールの下に、辛うじて彼女の顔を認めることができたのに、姫は顔そのものが真っ黒に視えたからだ。いや、顔だけではなく首筋から胸元や両腕まで、露出している肌はすべて黒かった。

内藤《ないとう》紗綾香《さやか》に憑《つ》いた黒いミミズもどきのように、きっと全身が黒いんだ。

彼女は俊一郎の最初の依頼人だった。くねくねと蠢《うごめ》く気色の悪い真っ黒なミミズもどきが、紗綾香の身体のあちこちにいるのを彼は視た。憑依《ひょうい》の状態を細部まで確かめるために、わざわざ彼女には全裸になってもらった。結果的にそのときの死視が、事件の解決に役立ったわけだが、そこまでする必要性を今回は感じない。

「いずれにせよ、うちらは助かるんですか。もちろん田崎さんもそうですけど」

「その人は、どうして一緒に来なかったんです？」

姫の問いかけに、俊一郎が質問で応じると、代わりに転子が答えた。

「部長が……戸村さんが亡くなったのが、かなりショックのようで……」

「部長と副部長という関係だけでなく、プライベートでも仲が良かった？」

「はい。入学以来の親友だったらしいです」

「そやけど——」

姫が怪訝《けげん》そうな口調で、

「確かにショックは受けてはるけど、田崎さん、何やら自分で調べてはるような様子があって……」

「調べるって何を？」

「さぁ……。地下室に出入りしてはりましたから、六人目のことかも……あっ、猫！」

「ほんと、可愛い！」

ソファの陰から現れた僕を、まず姫が目ざとく見つけ、次いで転子も気づいたらしい。

二人とも猫好きなのか、しきりに「おいで」と声をかけている。

「お名前は？」

「僕にゃ……」

ん——と言いかけて俊一郎は、辛うじて言葉を飲みこんだ。

「はっ？　ボクニャー？」

「ま、まさか。そんな変な名じゃない」

「そうですよね。探偵さんの猫が、ボクニャンやとも思えへんし」

「当たり前だ」

そのとたん、抗議するように僕が鳴いた。

「名前は僕。もちろん俺がつけたんじゃない。祖父母が勝手に――」

しかし、二人とも俊一郎の説明には耳をかさず、すぐに僕を呼びはじめる。

「僕ぅ！　こっちにおいで！」

「ほらほら僕！　うちのほうに来るんや」

長ソファに座っている二人の前まで行くと、まず僕は姫を見上げて全身の毛を逆立てながら、ふううっと唸《うな》った。それから転子のほうを向き、にゃーにゃーと話しかけるように鳴くと、そのまま姿を消した。

「なんやあの猫。えらい可愛気がないな」

「ちょっと姫ちゃん……」

「うちは今まで、野良でも猫に嫌われたことないんやで」

「そうかもしれないけど――」

可愛くないと言われ、普通ならムッとして怒るところだが、俊一郎の頭の中はある疑問で占められていた。

今の僕の反応の違いは、死相の差異と同じ意味があるのか……。

そうとしか考えられない。あそこまで異なる態度を示したのは、やはり二人に何か違いがあるからだ。ただ分からないのは、姫のほうだけを威嚇《いかく》したことである。

あれは霊的なものに対する反応に見えたけど……。

長年にわたって接してきた僕の言動から鑑《かんが》みても、まず間違いないと思う。つまり姫には才子の念が憑いており、それが彼女の命を脅かしているのかもしれない。しかし、そうなると転子が分からなくなる。彼女には霊的な障りが出ていないのだろうか。だが、死相は完全に視えている。姫と相違があるとはいえ、彼女の命も危ないことに変わりはない。

では、なぜ僕は転子の「死」には反応しなかったのか。

今すぐ僕に問い質《ただ》したかったが、二人の前では無理である。

「月光荘に伺うことはできますか」

まだ僕のことを話している二人に、俊一郎が質問した。

「あっ……はい」

慌てて転子が答える。

「問題の地下室を見たいのと、他の人にも話が聞きたい」

「分かりました。ご案内します」

「いや、行き方だけを教えて下さい。ちょっと準備をしてから、ここを出るので」

「地図を描きます」

「なるべく人通りのないルートを……」

「はっ？」

「人込みが苦手なんで……」

それ以上は突っこむことなく、転子は破ったノートの頁に、姫と相談しながら月光荘までの道程《みちのり》を記しはじめた。

「そうや！」

完成した地図を俊一郎に渡すとき、姫が興奮した面持ちで、

「探偵さんに、寮に泊まってもろたらええんや。空き部屋は一杯あるし、夏休み中やから学生も少のうて、文句を言う人もおらんと思う」

「それなら、私たちも心強いです」

すぐに転子も賛同する。

「大学が許可しないでしょ」

「月光荘は、ほとんどほったらかしなんです。せやから探偵さんが調査に乗り出さはっても、絶対に気づかれへんと思う。寮母さんにさえ断わっとけば、泊まってもらうのも何の問題もないはずです」

「女子寮に泊まるのか」

驚いた俊一郎が問い返すと、

「うちらを守ってくれはるんでしょ？　近くにいてもらわんかったら、意味がないやない

ですか」

「だからと言って――」

「それに男子寮に泊まるんやったら、寮監に話さないけません。佐渡賢人いう男なんですけど、賢人やのうて変人《へんと》やいうて――つまり変人です。探偵さんの宿泊なんか、絶対に認めへんですよ」

横で転子も、しきりにうなずいている。

地下室を調べたり、他の学生に話を聞いたりするには、寮に滞在するのが確かに便利だった。残った元百怪倶楽部の部員は三人で、うち二人が女性であることから、女子寮に泊まったほうが良いという判断もできる。

「分かりました。一応その準備もして行きます」

午後から訪ねることを約束して、俊一郎は二人を送り出した。

「さてと――」

扉を閉めて室内を向いたところで、

「おい、僕！」

返事がない。

「やれやれ……。僕にゃん？」

うにゃーと鳴き声がして、机の陰から僕が現れる。

「で、どう思う？　二人の近い将来の死因は、まったく違うものなのか」

ことこっと僕は小走りで長ソファに向かうと、ぴょんと上に飛び乗り、そこで奇妙な動きを見せた。

まず今川姫が座っていたところで、右方向に二度くるくる回ると、そこで仰向《あおむ》けに寝転がった。次いで入埜転子が座っていた場所へ移動して、今度は左方向にくるっと一度だけ回り、またしても仰向けに寝転がった。それからソファの中央に行くと、とても行儀良く座りこんだ。

「今、回ったのは、四隅の間の儀式と関係あるのか」

何の反応もない。

「回った方向に意味はあるのか」

鳴き声は立てずに、口だけを開ける。

「回った回数に意味はあるのか」

やはり鳴かずに、口だけを開く。

「つまり、回った方向や回数そのものに意味はないんだ。ということは、似たような動作だけど、根本的なところで違っている——そう言いたいのか」

にゃーと僕が声をあげた。

「どちらも最後に寝転がったのは、死を表現したわけだろ」

続けて僕が鳴く。

「二人は共に死相が出ていた。話を聞いた限りでは、その死について同じ原因が考えられる。でも、それは似ているように見えて、実は違っている——」

ひときわ大きく僕の声が響く。

「似ているけど違っている……？」

事務所内を歩き回りながら、俊一郎は考えた。

「ひょっとして、片方に憑《つ》いているのは自殺した女性の念で、もう片方は才子の念じゃないのか」

再び僕が、声は立てずに口だけを開ける。

「なら、片方には二つの念が、もう片方にはひとつだけの念が憑いているとか」

呆《あき》れたように、僕がそっぽを向いた。

「よし、あとは現場に行ってからだ」

これ以上は僕の助けを得られないと判断し、出かける準備をした。宿泊する可能性もあるため、着替えなども用意する。

「じゃ、行って来る」

扉口まで見送りに出た僕に、

「とりあえずの食事と水は、いつもの場所に置いておいた。おやつは、しばらく我慢してくれ。いつ戻れるかは分からない。キッチンの窓は開けておくから、長引いてしまったら適当にどこかで食料は調達するように。あっ、留守中に他の猫を入れるなよ。行儀の良いヤツばかりじゃないんだからな。それから、俺のベッドで寝るなよ。パソコンを起動させて、キーボードで遊ぶのもなしだ。他には、えーっと——」

なおも注意事項を口にしようしていると、早く行けとばかりに僕が鳴いた。

「分かったよ。じゃあな」

僕に手をふりつつ、俊一郎は探偵事務所をあとにした。

十五　暗闇の恐怖

「やっと着いた……」

最寄り駅から城北大学の寮に辿《たど》り着いたとき、俊一郎は安堵《あんど》の溜息《ためいき》を漏らした。

探偵事務所から月光荘まで二人が描いてくれたルートには、確かに利用客が少ない駅や人通りのまばらな道が選ばれていた。それは大いに助かったのだが、とはいえ不特定多数の他人とすれ違わなければならない。

つまり、とんでもない死の影を纏《まと》った人物と、いきなり顔を合わす危険がある。

もちろん今では、「視《み》る／視ない」を自分の意思によって切り替えることができる。だから、ずっと「視ない」の状態にしておけば良い。ただ、ふと視ることがある。なんとなく気になって、半ば無意識に視てしまうことが……。

その人物に死相が出ていれば、しばらくは気分悪く過ごすはめになる。本人に事実を告げ、死相の正体を突き止めて命を救う――わけにはいかないからだ。そんなことを突然、見知らぬ相手に道端で言っても、頭がおかしいと思われるか、怪し気な宗教の勧誘かと疑われるだけである。

こういった人が増えれば増えるほど、俊一郎の精神的な負担も膨大になる。そのため彼は、できるだけ人込みには近づかないようにしていた。だが、探偵の仕事となるとそうもいかない。

ただ、これだけなら問題はあまりなかった。彼自身が意志を強く持ち、絶えず「視ない」状態を保ちさえすればすむからだ。とても疲れはするが、まったく不可能ではない。ところが、彼の切り替えなどお構いなしに、いきなり両目に飛びこんできて、無理矢理に視せられる、厭《いや》でも視ざるを得ない、そんな圧倒的な死とでも言うべきものが、この世には存在していた。

まだ俊一郎が奈良にいたころ、祖父母の家の近くでこの例に出会《でくわ》したことがある。

その瞬間、彼は棒立ちになり、激しいめまいを覚えながら倒れそうになった。一刻も早く件《くだん》の男性から離れたいと思ったが、あまりにも気になるのであとを尾《つ》けた。

男は私鉄に乗ると大阪まで出て、そこから空港行きのバス停に並んだのだが、すぐ後ろを歩いていた俊一郎は、もう少しで大声をあげそうになった。なぜなら、バスを待っている他の人々のうちの数人にも、男とまったく同じ死相が出ていたからだ。

どうやって家まで帰り着いたのか、確かな記憶はない。しかし、翌日の朝刊に出ていた航空機事故の大惨事の記事は、今でもよく覚えている。あの男もバス停に並んでいた他の数人も、事故機の乗客だったのだ。調べたわけではないが、まず間違いない。あのまま俊一郎がもし空港まで行っていたら、きっと同じ死相を持った何十人、いや何百人の人々をロビー中に発見していたことだろう。

以来、ますます彼は人込みを避けるようになる。どうしても出かける必要のあるときには、できるだけ他人を見ないよう下ばかりを向いていた。ただし、そういう状態が続くと精神的にも暗くなり、よけいに世間嫌いになってしまう。

それが今日《こんにち》、まだまだ不安が残るとはいえ、こうやって曲がりなりにも外を歩けるようになった。祖母に指導された修行のお蔭《かげ》は当然あるが、彼自身が精神的に強くなっているのかもしれない。

しかし今でも、自分からキョロキョロすることは絶対にない。なるべく他人を見ないよう注意するのは昔と同じで、顔をあげていても進行方向の先のほうを眺めている。

ところが――

「さっきのあれは……」

道を確かめるために振り返ると、視界の中ですっと消えた黒いものがあった。とっさに、またか……と思った。

いつのころからか、外出先で黒いものを見る。最初は偶然だと考えた。しかし、決まって自分の後ろのほうにいる。まるで彼を尾けているかのように……。そのうち、その黒いものが女ではないかという気がしてきた。つねに後方にいるため、はっきりと眺めたわけではないが、なんとなくそう感じた。

黒衣の女……。

それが、ここに来る途中の道でも、どうやら現れたようなのだ。これまでの経験がなければ、百怪倶楽部の面々に憑いている黒い女が、彼のほうにも出たのかと思うところである。だが、おそらく別ものなのだ。

真っ黒けの、本当に黒々とした禍々《まがまが》しい影に気をつけて……。

弦矢俊一郎、あなたは避けて通れない……。

とある人物の言葉が、たちまち彼の脳裏に蘇《よみがえ》る。黒衣の女が出没しはじめたのは、東京に出て来て探偵事務所を開いてからだ。

黒術師……。

やはり関係しているとしか思えない。入谷家の事件を解決したことにより、黒術師との間に因縁が生まれてしまった。こちらは終わったことだと思っていても、あちらは違うのかもしれない。

「いや、終わってないか」

思わず俊一郎はつぶやいた。

呪詛《じゅそ》を生業《なりわい》にしている者を、このまま黙って見過ごすわけにはいかないだろう。向こうも商売の邪魔になる特殊な探偵など、できるだけ早く抹殺したいに違いない。つまり、お互いが相手の存在を認められないのだ。

いつか迎える黒術師との対決――そのときのことを想像しただけで、全身が粟立《あわだ》つほどの戦慄《せんりつ》に囚《とら》われる。

「クソッ！」

頭の中に満ちた恐怖を追い出すべく、俊一郎は大きく悪態をつくと、

「今は、とにかく黒い女だ」

自分に言い聞かせつつ月光荘のホールに入り、そこから女子寮を訪ねて案内をこうた。

「あっ、ご苦労様です」

すると、五十代後半くらいの小柄な女性が出て来た。

「探偵さん……ですよね」

「えっ……は、はい」

「転子さんと姫さんから、お見えになることを伺っております」

この人が寮生から親しまれている寮母だと、すぐ俊一郎にも分かった。

「ちょっとお待ち下さい。今、二人を呼んでまいりますから」

そう言いつつも、しばらく観察するように彼を眺めたのは、やはり学生たちをあずかる寮母だからだろうか。二人がどこまで話しているのか知らないが、宿泊の件まで伝わっている場合、人物鑑定をされても仕方がない。

「ホールのほうに談話室がありますから、どうぞお座りになってお待ち下さい」

その結果、にっこりと笑顔を向けられたので、どうやら合格したらしい。

祖母に言わせると、俊一郎は黙って立ってさえいれば、

「どこぞのええとこの坊ちゃんか、思われるで。あんたは祖母《ばあ》ちゃんに似て、なかなか男前やからな。性格も根は素直で、ほんまはええ子なんや。それを、あないな力を背負《せお》うたせいで、冷とうて、暗うて、屈折した性格になってもうたんやなぁ……。いや、そのへんは、あん人に似たんかもしれん。祖母ちゃんだけに似とったら、外見も内面も完璧《かんぺき》で、そりゃ薔薇《ばら》色の人生を送れていたもんを――」

ということなので、ぶっきらぼうな態度さえ示さなければ、初対面の人にはさほど悪い

印象は与えない。ちなみに祖母が口にした「あん人」とは、彼女の連れ合いの祖父のことである。

やがて、転子と姫がホールに現れた。

「午前中はどうも……。地図は分かりました？」

「地下室、すぐ見はりますか」

まず冷たい茶を出そうとする転子に対して、一刻も早く調査を進めてくれという姫の態度である。

「田崎健太郎さんは？」

「戻って来てから確認したら、寮にいはりました。探偵さんのこと話したら、いつでもお会いしますて」

「尾田間美穂さんも？」

「えっ、美穂先輩もですか」

「才子さんと親しかったらしいから、話を聞いておきたい」

「なら、あとで捜してみます。もし出かけてはっても、夕食までには戻らはると思いますから。それで、地下室は？」

「拝見します」

二人に案内され、地下に降りる扉の前まで移動する。

「俺ひとりでも、別に構いませんよ」

お互いに顔を見合わせている二人の様子に気づき、そう声をかけた。

「この地下は、あなた方にとって鬼哭啾々《きこくしゅうしゅう》でしょうから」

「探偵さんは——」

姫がしげしげと俊一郎を眺めながら、

「年齢の割には、なんや年寄りじみてますよね」

俊一郎は扉を開けて階段の明かりを点《とも》すと、懐中電灯を取り出してから鞄《かばん》を二人にあずけた。

「気をつけて下さいね」

転子が心配そうにしている。一方の姫は期待感に満ちた様子で、

「もし、地下で何か起こってるように感じても、うちらは動かんほうがええですよね」

「何かというのは？」

「探偵さんが、地下に巣くう悪霊と対決しはじめるとか」

「そういうことは、ないと思う」

「けど——」

「むしろ、とんでもない目に遭って、悲鳴をあげるかもしれない」

「…………」

「仮に俺の声が聞こえても、放っておいてもらって構わないから」

「いえ、そのときは助けを呼びに行きます」

「どこへ？」

「もちろん、田崎さんのところです」

自分がエクソシストの役目を務めることになっても、援軍はあまり望めないなと思いながら、俊一郎は扉を閉めた。

だが、そんな冗談も階段を降りはじめると一気に消し飛んだ。

薄暗い明かりの下、せまくて急な階段が真っ暗な地下へと延びている。あそこに降りて行くのかと思うと、とたんに足がすくむ。微《かす》かに線香の匂いが漂う。懐中電灯を点して眼下の薄闇を照らすことで、どうにか歩を進めることができた。

最後の一段を降りると、壁のスイッチを捜して廊下の電灯をつける。パチパチッと数度の瞬きがあって、階段と同じような大して明るくない光が、薄気味の悪い地下の細長い空間を浮かび上がらせた。ただし、それも廊下の手前だけで、奥半分は電灯が切れているのか暗いままである。

それでも廊下の右側には手前から奥に扉が四つ、等間隔に並んでいるのが見て取れた。

最初の扉を開けると、線香と蠟燭《ろうそく》の匂いが強く鼻をつく。明かりを点すと、部屋の中央には簡単な祭壇が設けられ、果物や菓子や飲み物などの供え物が置かれていた。

空気が重いな……。

部屋に足を踏み入れたところで、俊一郎は感じた。換気の悪い地下室特有の淀《よど》みもあるに違いないが、そんな物理的な説明だけでは納得できない、何とも言えぬ忌まわしい気が籠《こも》っている。

いったん外に出ると、階段と廊下の明かりを消す。戻った部屋の電気も切ると、戸村茂がA地点と決めた部屋の角に立つ。そこで懐中電灯をオフにしたとたん、瞬く間に真の暗闇に包まれた。

真っ暗闇の中、俊一郎はAからBに、BからCへ、そしてCからD、さらにDからAへと戻り、四角形の部屋を一周してみた。

かなり怖いな……。

想像以上の恐ろしさである。もちろん、自分ひとりだけという恐怖もある。だが、他に人間がいれば安心かというと、それは違うような気がした。これほどの闇になると、なまじ人のいるほうが、おそらく怖いのだ。

知り合いが別人に変わっても、絶対に分からないからな……。

四隅の間の儀式で、転子が六人目に対して覚えたであろう慄《おのの》きが、まさに皮膚感覚として実感できる。

本当に何も見えない……。

実は当初、百怪倶楽部のメンバー以外の闖入者《ちんにゅうしゃ》も考慮していた。本当に六人目の人物がいたとすれば、暗闇の中の怪異も説明がつく。沢中加夏の死は殺人ではないが、その六人目が彼女の耳元で囁《ささや》いたのだとしたら、充分なショックを与えることができたはずだ。だが、これほどの真の闇を経験すると、それが不可能だとははっきり分かる。

この漆黒の世界で、自由に動けるわけがない。人間であれば……。

そう考えたとたん、部屋のどこかの隅に黒い女がいて、じーっとこちらを見ているような気がした。そして今にも彼が佇《たたず》む角まで、一直線に近づいて来る光景が浮かび、ぞっと背筋に悪寒が走った。

慌てて懐中電灯を点すと、部屋の三隅を照らす。

誰もいない……。

ひとつ目の部屋から出ると、まず廊下と階段の明かりをつけてから、二つ目と三つ目の部屋を調べる。

両室とも完全に物置になっていた。使われなくなったロッカーやキャビネット、机や椅子などが奥のほうに押しこめられ、その前に段ボールが積んである。そこまでは整っているように見えたが、あとから学生がいらないものを勝手に放りこみ出したのか、手前はかなり無秩序な状態だった。

二室とも部屋として使用するのは無理だったが、それゆえに特に不審な点もない。

残るのは四つ目の部屋、複数の男性社員にレイプされた女性が自殺した、廊下の一番奥の間である。

扉を開けて懐中電灯の明かりを向けると、前の二つの部屋よりも乱雑な、なんとも混沌《こんとん》とした光景が浮かび上がった。

なんだここは……。

物置というよりは、ほとんどゴミ捨て場のような雰囲気がある。それにしても前の二室とは、あまりにも違い過ぎる。

そうか。分かったぞ。

部屋の明かりを点し、全体の様を眺めた俊一郎は、ようやく気づいた。

戸村と田崎が四隅の間を執り行なうため、ひとつ目の部屋を片づけたとき、とりあえず邪魔な荷物を手当たりしだいに奥の部屋へと放りこんだ結果が、これなのだ。だから、こんなにも無茶苦茶になっているのだろう。

けど、これじゃ調べようがないな。

そう考え電気を消そうとして、俊一郎は再び線香の匂いを嗅《か》いだような気がした。

ひとつ目の部屋の残り香か……？

しかし、前の二室ではまったく匂わなかった。もっとも奥まったここが線香臭いのは、どう考えても妙である。

室内に入って調べたいが、そう簡単に踏みこめそうにもない。仕方なく懐中電灯を廊下の床に置くと、まず両手を自由にする。それから入室をはばむ荷物をひとつずつ、廊下に出したり横に積み上げたりしながら、少しずつ進んで行く。

やがて、部屋のほぼ中央にすえられた線香立てを発見した。よく観察したが、それほど昔から置かれているようには見えない。手に取って調べても、薄《うっす》らほこりがついている程度である。つまり、自殺した女性の遺族が用意したものではないということだろうか。

いったい誰が……？

と考えると、ぞくっと背筋が震えた。

線香立てを戻そうとして、床に敷かれた黒い布に目がいく。ひろい上げて広げると、布越しに向こうが透けて見える薄いレースだと分かった。あまり敷布に適しているとは思えない。

なんだろう、これ？

布を広げて考えているうちに、洋装の弔事のときに女性が被《かぶ》るツバのない帽子から垂らす、あの黒いレースではないかと気づいた。

才子が着ていたという葬儀の正装……。

なぜそんなものが奥の部屋にあるのか。しかも線香立てと一緒に——と、首をひねりながらも俊一郎が気味悪く感じていると、突然、明かりが消えた。

えっ……？

一瞬で暗闇に呑《の》まれる。まったく何も見えない。黒いレースどころか、それを持っている自分の手さえ見ることができない。

ブレーカーの故障か。

ホールの扉を開けて踊り場に入ったとき、左手の壁にブレーカーがあった。おそらく地下の電気系統は、すべてあそこに集約されているのだろう。今まであまり使用されていなかったのに、急に使いはじめたため不具合が起きたのかもしれない。

よりによって、こんなときに……。

懐中電灯は廊下に置いたままである。この部屋から出ると共に、それを捜して地下から上がるしかない。

問題は、まわりに積み上げた荷物を崩さないように、ここから廊下に出られるかだった。入ったときには、自分が通れる幅の道筋しかつけていない。それも動かしやすい荷物を適当にどかして作ったので、扉口からまっすぐではなく右へ左へと曲がっている。へたに暗がりの中で動いて周囲の荷物を倒してしまったら、その下敷きになって怪我をしてしまう。ここは落ち着いて、慎重に行動する必要があった。

その場で回れ右をすると、四つん這《ば》いの状態になる。ゆっくりと手探りしながら、俊一郎が扉口へと戻りはじめたそのとき——

バンッ！

廊下から扉の閉まる物音が響いた。

この部屋……じゃないよな。

扉は開いたままにしてある。だが、正面から聞こえたわけではない。

ひとつ目の部屋？

音の距離感から、最初の部屋の扉のように思える。しかし、いったい誰が入ったというのか。いや、もしかすると出て来たのかもしれない……。

身動きせずに俊一郎が耳をすませていると、
した、した、した……。

何かが廊下を近づいて来る気配がした。

やっぱり出て来たのか。

しかし、いったい何があの部屋から現れるというのか。

自殺した女性か、才子か、それとも加夏か……？

した、した、した……。

そうしている間にも、それは奥の部屋へと近づいて来る。

考えてる場合じゃないぞ。

慌てて前進するが、すぐ机の脚のようなものにぶつかる。やはり闇雲に動くのは危険だった。かといって悠長に手探りをしている時間はない。

した、した、した……。

このままの状態であれが奥の部屋に入って来たら、俊一郎は完全に袋の鼠となってしまう。どこにも逃げ場のない真っ暗闇の中で、じりっ、じりっ……とあれに追い詰められるのを、ただ待つだけになる。

クソッ……。

その状況を想像しただけで、ぞわっと両の二の腕に鳥肌が立った。

とにかく懐中電灯だ。

明かりがあれば、わずかとはいえ闇を払える。闇を切り裂くことができれば、あれが何であろうと怯《ひる》むかもしれない。

した、した、した……。

考えている間にも、それは確実に近づいて来る。

ええいっ、ままよ！

立ち上がった俊一郎は両手を前に突き出したまま、扉を目指して進み出した。前方が空いていると察しをつけると、とりあえず前進する。行き止まりなら、すぐに引き返して周囲を探る。また空きを見つけて入る。その繰り返しを素早くやるため、あちこちで荷物が崩れはじめた。

がらくたに埋まって身動きが取れなくなるか、その前に廊下に出ることができるか、まさに賭《か》けだった。

いつの間にか足音の気配が変わっていた。もう三つ目の部屋を通り過ぎようとしている、そんなふうに思えた。

ひた、ひた、ひた……。

このままじゃ扉口の近くで、あれと対峙《たいじ》してしまう……。

そうなると最悪である。後ろは崩れたがらくたで塞《ふさ》がっている。逃げ場がないという意味では、部屋の中にいたとき以上に不利である。

急いで前進していると、腰の部分が何かに当たった。構わず上によじ登ると、さらに前へと進む。

次第に迫って来るあれの足音は、とても無気味だった。だが、ひとつだけ利点があった。廊下の方向が、つまり扉の位置が分かることである。それだけを頼りに、俊一郎は猛然と進んだ。

ひた、ひた、ひた……。

もう奥の部屋までやって来る——というところで、左手が扉口の枠らしきものに触れた。慌てて右手を伸ばすと、同じような枠が確かにある。

出られた！

廊下に飛び出し、懐中電灯を置いたあたりの床の上を両手で探る。

ない……？

扉口の右横、ほとんど壁に接するように置いたはずだ。

ひた、ひた、ひた……ひたっ。

すぐ側で、それの足音が止まった。

両手を床の上で必死に這わす。壁をなでる。しかし、どこにも懐中電灯がない。と、そのとき――

くっ、くっ、くっ、くっ……。

目の前の暗闇から、なんとも薄気味の悪い、まるで囁《ささや》くような嗤《わら》い声が聞こえた。

十六　黒いレース

その嗤い声は、真っ暗闇の中で這い蹲《つくば》って懐中電灯を捜す俊一郎の無様な姿を、完全に嘲笑《あざわら》っているように響いた。

本来なら屈辱のあまり、彼は怒りを覚えたに違いない。だが、まず感じたのは恐怖だった。情けないと思いながらも、自分の感情に嘘はつけない。第一この圧倒的に不利な状況において、まったく慄《おのの》かない人間などいないだろう。

何も見えない暗黒の世界で……

得体の知れない何かがすぐ側におり……

こちらは相手の姿が見えないのに、向こうには見られている……

さすがの俊一郎も、ぞっと全身が粟立《あわだ》つのを抑えることができない。経験だけでは立ち向かえない、もちろん理屈などは通用しない、そんな身の毛もよだつものがこの世にはまだまだあることを、あらためて悟っていた。

とにかく、今は逃げるしかない。

壁に左手をつきながら、ゆっくり立ち上がる。そのまま背中を壁につけると、そろそろと物音を立てないように、蟹《かに》のごとく横へと移動しはじめた。もちろん、それには彼の姿が見えているのだろう。だが、相手を刺激しないという意味でも、ここは静かに行動するに限る。

すぐ近くで、ふっと空気の動きを感じた。

ハッと俊一郎が身構えると、頬に冷たい何かが触れた。思わず叫びそうになった声を飲みこむと、次の瞬間、彼は右の拳《こぶし》を目の前の闇にたたきこんでいた。

ところがパンチは空を切り、背中が壁から離れた。とたんに四方八方、三百六十度どこまでも闇が続く暗黒世界の、まっただ中に放り出されたような気分になった。

急いで再び壁を背にすると、両の拳を胸の前で構えた。少しでも気配がしたら、今度は連続で打ちこむつもりだった。相手にパンチが通用するのか、いや、そもそも殴ることができるのか疑問だったが、このまま大人しくやられているつもりはない。

しばらく寂とした時が流れたあと――

ひた、ひた、ひた……。

突然、足音が聞こえ出した。それも俊一郎から遠ざかっていく音が……。

どういうことだ？

両手を胸の前に上げたまま、じっと耳をすます。

ひた、ひた、ひた……。

確かに足音が廊下を戻っていく。

した、した、した……。

そして――

バンッ！

再び最初の部屋の扉が閉まる物音が響き、あとはしーんとした静寂の世界に戻ってしまった。

ひとつ目の部屋から出て来て、また同じ部屋に帰った？

そうとしか思えない。しかし、なぜ襲って来なかったのか。まさか反撃したからではないだろう。

俺が部外者だからか……。

地下室に足を踏み入れたため警告の意味で脅したが、それ以上は何もする気がなかったかもしれない。いずれにしろ、今のうちに逃げたほうが良い。

壁に左手を当てながら廊下を戻る。やがて三つ目の扉が現れ、二つ目の扉を通り過ぎ、ひとつ目の扉に触れたところで、

バッと扉が開き、部屋の中からあれ《ヽ》が飛び出して来た！

そんなことが今にも起こるのではないか、という感覚に囚《とら》われ戦慄《せんりつ》する。この部屋の前から早く離れなければと思うのだが、なかなか足が前に進まない。いつまでも左手の先に、扉があり続けるような気がする。歩いても歩いても、ひとつ目の扉が終わらない。どこまでも扉が存在している。

急に明かりが点《とも》った。

驚いた俊一郎が周囲を見回すと、薄暗い廊下に自分ひとりだけが立っていた。彼の左手は、ひとつ目の部屋の扉の右端にかかっている。その先は少し廊下が続き、もう階段の上り口が見えていた。

目の前の扉をしばらく眺めたあと、そっとノブをつかむ。ゆっくり回して、そおっと手

前に開ける。暗がりの室内を覗《のぞ》きつつ、壁際のスイッチを手探りする。そして明かりが点ったところで、思わず身構えた。

部屋の中には、誰もいなかった……。

先ほど目にした通り、中央に簡単な祭壇があるだけで他には何もない。それでも四隅に目を配りながら、俊一郎は室内に入った。いつ四つの角のどこかから、黒い女が現れないとも限らない。

祭壇まで進むと、線香立ての下を確認する。四つ目の部屋と同じように、そこにも折り畳まれた黒いレースが敷かれていた。

やっぱり、こっちにもあったのか。

予想はしていたが、その意味まではつかめない。念のため奥の部屋で見つけたレースと比べると、まったく同じものだった。

二枚を重ねてポケットに入れると、俊一郎は部屋を出た。階段を上がりかけたところで、天辺《てっぺん》の踊り場に置かれた懐中電灯が目に入った。

どうして、あんなところに？

ぽつんと立っている懐中電灯を眺めているうちに、まるで彼の探偵活動を失笑してやろうという意図の下、黒い女がそこに置いたような気がしてきた。

俺をなめてるのか。

ふつふつと怒りが湧いてくる。だが、それと同時に言い知れぬ恐怖を感じたのも確かだった。今はまだからかい程度に思われたが、今後も彼女に関わり続けるのであれば、それなりの覚悟が必要であることを、踊り場に置かれた懐中電灯が物語っていた。少なくとも彼は、そういうメッセージを受け取ったつもりだった。

階段を上がると、まずブレーカーを調べる。どこにも異常は見当たらない。扉を開けてホールに出ると、近くの談話室から話し声が聞こえてきた。どうやら転子と姫以外に、男性がいるらしい。

俊一郎が衝立《ついたて》を回って顔を出すと、

「ちょうど今、佳人君と田崎先輩が――」

やや興奮した面持ちで姫が、男性二人の紹介をした。

衣服でも買いに行っていたのか、畑山佳人はユニクロの袋を持ったまま丁寧にお辞儀をした。少し小柄だったが、それが端整な顔つきを際立たせている。いかにも女性に「可愛い」と言われそうな容姿である。

一方の田崎健太郎は、中途半端に長い髪の毛、小太りの体型、人見知りしそうな物腰など、良くも悪くも一時期のオタクというイメージがぴったりだった。挨拶《あいさつ》にしても、軽くうなずく仕草をしたくらいである。もっとも愛想の悪さでは、俊一郎も負けていなかったわけだが――。

「買い物から帰って来たら、姫さんと転子さんの声がしたんで、ちょっと顔だけ出そうと思ったら——、田崎さんもいらっしゃったんすよ」

佳人は律儀に説明しながらも、興味津々という表情で俊一郎を眺めている。どうやら他に言いたいことが、本当はあるらしい。

「それは好都合でした」

話しやすくさせるため、俊一郎が珍しく愛想の良い台詞《せりふ》を口にすると、

「あなたは探偵だって、姫さんから聞いたんすけど——」

「ええ」

「それもオカルト探偵だって……」

相手が何を気にしているのか分かったとたん、俊一郎の態度は元に戻った。

「違います」

「でも——」

「立ってんと、みな座りましょう」

姫の提案で、全員が談話室に腰を下ろす。佳人は遠慮したのか、いったん男子寮に帰りかけたが、姫に引き留められ残る格好になった。

「構わへんでしょ？　彼は百怪倶楽部の幽霊部員やったんです」

「といっても、正式な部員なのに出て来ないわけじゃなく、部外者なのに助っ人《すけと》に出ると

いう役割だったんすけど」

二人の説明は聞こえていたが、俊一郎は何も答えなかった。たった今、当の佳人と健太郎を死視している最中だったからだ。

畑山佳人には何も視《み》えない。けれど田崎健太郎には、今川姫と同じ死相が出ている。果たして沢中加夏と戸村茂には、いかなる死相が視えたのか。入埜転子と同様か、それとも健太郎と姫と同じか。または二人だけ、あるいは別々のまったく異なる死の影が浮かんでいたのか。

いや、違うな。

健太郎と姫の死相か、転子の死相か、どちらかだった気がする。何の根拠もないが、あくまでも感覚だけで言えば、加夏、茂、健太郎、姫の四人は同じ種類であり、転子だけが別なのではないか。

しかし、どうしてだ？

彼女も百怪倶楽部の部員であり、四隅の間の儀式に参加していた。何より奇妙なのは、死相が出ていないわけではないこと。ただ、その様相が彼女だけ異なっている。なぜ、こんな現象が起きるのか。

「弦矢さん！」

ハッと我に返ると、四人が俊一郎を見つめていた。何度か姫に呼ばれたのに、どうも気がつかなかったらしい。

「あっ、もしかして佳人君と田崎先輩の死相を……」

いち早く察した姫が声をあげたとたん、まず佳人が反応を示した。

「本当に他人の死相が、あなたには視えるんすか」

「ええ」

今さら隠しても仕方がないので素直に認める。

「それで、姫さんと転子さんに……」

無言でうなずくと、横から健太郎が、

「俺にも見えるんだな？　そうだろ？」

半ば断定するように口をはさんだ。

「視えます」

しかし、死相の相違については話さない。本来どんなふうに視えるかということも含めて、死の影の詳細はできるだけ教えないようにしている。依頼人が独自の解釈をはじめた結果、勝手な行動を取る危険があるからだ。

「佳人君には？」

緊張した表情を浮かべた姫が、恐る恐るといった口調で尋ねた。

「視えません」

「ほんまに？」

「はい」

「まったく何にも？」

「ええ」

「つまり、これっぽっちも危険はないと？」

「焦眉之急《しょうびのきゅう》という状態じゃない」

「えっ？」

「少なくとも彼だけは安寧秩序です」

「はぁ？」

「焦眉之急とは、とても差し迫った危険のことです。安寧秩序は、世の中が平穏で安全と秩序が保たれている状態のことを指します」

「探偵さん、ほんまは何歳《いくつ》です？」

「二十歳《はたち》」

「見た目は十代いうてもええけど、なんや頭の中は年寄りみたいな――」

「姫ちゃん……」

転子が彼女をたしなめている横で、佳人が珍しい人種でも見るかのように、俊一郎をじっと眺めながら、

「四字熟語っぽい言葉が好きなんですか」

「そういうわけではないけど――」

祖父母に育てられたため、自然と身についただけである。それに焦眉之急は、そもそも四字熟語ではない。

なおも騒ぐ姫、それを止める転子、そして興味深そうに彼を見つめる佳人という三人にではなく、俊一郎の注意は健太郎に向いていた。

転子たちから弦矢俊一郎探偵事務所のことは聞いているため、彼の死相が視える力については知っているはずである。オカルト全般に興味があり、超自然的な現象についても否定的ではないらしいので、死視に関しても疑わずに受け入れているのかもしれない。

とはいえ死相が出ていると言われ、あっさり納得するだろうか。いや、むしろ健太郎は彼のほうから、見えるのだろうと確認をしてきている。

田崎健太郎の態度はおかしいな。

俊一郎は心の中で首をかしげた。今では死相について興奮気味に喋《しゃべ》っている佳人を適当にあしらいつつ、この口の重そうな男をどうやって喋らせれば良いのかと、やや途方に暮れていた。

だが、そんな心配はいらなかったようで、

「あっ、それじゃあらためまして――」

姫が場を仕切りはじめた。

「うちら探偵さんの事務所で、今回の件に関わりのありそうなことは、一通りお話ししたんです。けど、やっぱり不十分やと思うんで、先輩からもお願いします」

思えば探偵事務所を訪れたのは転子の手柄と言えるが、相談事の説明はほとんど姫がしていた。転子たちにとっても俊一郎にとっても、彼女はかなり有り難い存在と言える。

と突然、

「百怪俱楽部とは――」

寡黙な印象が嘘のように、健太郎が喋り出した。自分の専門分野や興味範囲に関しては、いきなり饒舌《じょうぜつ》になる性格らしい。

「百物語の会は――」

生き生きと語るだけあって、その蘊蓄《うんちく》はこういった分野全般にわたって詳しい俊一郎が聞いても、なかなか参考になる話が多い。

「四隅の間の儀式は――」

ただし何が起こったかを理解する、という意味においては姫の説明のほうが分かりやすかった。もちろん、よけいな知識が入っていないからだろう。

一通り彼が話し終わるのを待って、俊一郎は質問した。

「戸村茂さんが亡くなられた夜、田崎さんは直前まで一緒に飲んでいたと聞きました。そのときの彼の様子を教えて下さい」

「…………」

「どんな話をしました？」

「…………」

「彼が何かに怯《おび》えていた、ということはなかったですか」

「…………」

急に黙ってしまった健太郎に対し、俊一郎は問いかけ続けた。

自分が他人に質問をしている、それも的確なことを問うている事実に、実は彼自身も少なからず驚いている。探偵事務所を開いて四カ月が経つ。その間、嫌でも人と接しなければならず、相手から話を引き出す必要にも迫られた。そういった経験が本人も気づかぬうちに、彼を少しずつ変えていたのかもしれない。

祖父《じい》ちゃんが独立をすすめたのは、こういう効果を見越してだったのかな。

俊一郎が今さらながら、そんな祖父の考えに思いを馳《は》せていると、健太郎がとんでもないことを喋りはじめた。

「実は……、女を見たんだ」

「えっ、女？」

「地下室から、黒い女が出て来るのを――」

四日の夜というよりも、五日の未明と言ったほうが良いころに目撃した、黒い女の話を健太郎がはじめた。

「い、厭《いや》だ……」

すぐに姫が震え出した。

「そ、それって、うちが見たのと同じ……」

話の後半には、転子に抱き着かんばかりの有り様だった。さらに健太郎が、地下室から現れた黒い女が女子寮に向かったと言ったとたん、

「いやーっ！」

姫は両手で耳をふさぐと、完全に転子の胸元に顔を埋《うず》めてしまった。

「わ、悪い……。驚かすつもりは……」

あまりの姫の取り乱しように、健太郎がうろたえた。すかさず俊一郎が彼女の体験を話すと、今度は彼のほうが絶句した。

先輩たちの状況を気にしながらも、佳人は好奇心に負けたのか、

「探偵さんは、どうだったんです？」

「えっ……」

「さっき、地下室を調べたんですよね。そのとき……」

姫が顔をあげて俊一郎を見た。転子も健太郎も、じっと彼を見つめている。

だが、ここで先ほどの体験を話す気はなかった。さらに姫を怯えさせ、健太郎の動揺を誘い、転子にも悪い影響を与えるに違いないからだ。

とはいうものの、俊一郎が地下室の出来事を口にしなかったのは、決して三人を気づかったからではない。残念ながら彼は、まだ他人にそこまでの心づかいができるほど、過去の痛手から快復してはいない。三人がダメージを負うだけでなく、得るものが皆無だと判断した結果に過ぎなかった。

その証拠に、と言って良いだろう。

「地下の部屋を、一通り見たんですが――」

と言いつつ俊一郎は、四人の視線が充分に集まったところで、

「こんなものを見つけました」

突然、例の黒いレースをテーブルの上に広げると、みなの反応を確かめた。

「…………」

健太郎は無言で目を見張り、

「あっ……」

姫は小さな悲鳴をあげ、

「それって――」

転子はレースを指差したまま固まり、

「あ、あれですよ。才子さんが被《かぶ》ってたっていう、葬儀のベールじゃないっすか」

佳人は驚きをあらわにしながら、そのものずばりの指摘をした。

「地下のどこに？」

健太郎に訊《き》かれ、発見場所だけは正直に話した俊一郎は、

「実は、奥の間にも線香立てがあったんですが、どなたか供えましたか」

再び全員の反応を確かめた。

ところが、今度は誰もが怪訝《けげん》そうな表情を浮かべるばかりで、彼の思惑は見事にはずれてしまった。そのうえ姫が、

「ひょっとしたら、寮母さんかもしれへんよ」

と言うが早いか本人に確認をしに行き、その通りの返答を持って戻って来た。才子と自殺した女性のことを聞き及び、加夏だけでなく二人も供養したいと思ったらしい。ただし、黒いレースについては置いた覚えがないという。

「やっぱり黒い女でしょうか」

佳人の問いかけに、その場の空気が凍りついた。が、さらに俊一郎が止《とど》めを刺すような言葉を口にした。

「もしそうなら、黒い女は才子さんになるわけです」

十七　四隅の魔

　いったん四人との話し合いを終わらせた俊一郎は、姫に頼んで尾田間美穂を呼んできてもらった。才子と親しかったという彼女には、ぜひ色々と話を聞いておきたい。

「へぇ、本物の探偵なんですか」

　姫が二人を紹介して部屋へと戻るのを待って、美穂はしげしげと俊一郎を見つめながら、とても感慨深そうにしている。

「ずいぶんと若いんですね。探偵って聞いて、中年のおじさんを想像してしまったんだけど……あっ、ごめんなさい。失礼な態度でした」

「いえ」

「探偵という職業の人と会うのは、はじめてなもので」

「たいていの人は、そうだと思います」

「そうね。でも弦矢さんは、その普通の探偵とも違うんでしょ？」

「ええ、まぁ……」

「姫ちゃんは、心霊探偵ともオカルト探偵とも言ってたけど……。いえ、さっき私を呼びに来たときにね。けど、どちらとも違うのかしら？」

「祖父は、死相学探偵と名づけてますが――」

なぜか俊一郎は、この美穂という人物とは腹を割って話せそうな気がした。そこで自分の死視の力について、簡単に説明してみた。

「他人の死相が視《み》える……」

素直に彼女は驚いたらしく、再び彼をまじまじと眺めていたが、急に気がついたような口調で、

「私には、死相が出ていませんか」

実は美穂と対面したとき、すでに死視は行なっていた。なぜなら、百怪倶楽部の部員以外で死相の視える者がいれば、この件への取り組み方を根本から考え直す必要があるからだ。関係者の周辺の人々にも死相が出ていないか、絶対に注意をおこたるべきではない。これは死相学探偵として、とても大切な留意点だった。

「いえ、ありません」

「そう……。良かった」

安堵《あんど》の表情を見せながらも、ふっと美穂が笑った。

「おかしいわね。私、こういったことは、あまり信じないほうなのに」

「そういう人でも、テレビや雑誌の星占いは気にする人が多いとか。特に今日の運勢についてらしいですけど」

「私はぜーんぜん。だって占星術って、天動説の時代からあったわけでしょ。それから地動説になって、そのあとも新しい惑星が発見されたりとか、お空の事情は変わり続けている。それなのに占星術は変わらない。いえ、これでより正確になった——なんて、そのたびに言ってるんだから、いい加減なものじゃない」

「なるほど」

「そもそも天体の動きが、地球上に何十億人も存在している人間のうちの、たったひとりの運勢に関わりがあると考えることが、私には信じられない。しかも、その人の健康、恋愛、経済といった細かい部分にまで影響すると言うんだから……どう考えても、おかしいでしょ。それに動物は影響を受けないのか、とも思うし」

「火星が、なぜ戦いの星とされているか知っていますか」

「赤い色が血を連想させるから」

「正解」

真面目に答える俊一郎を、美穂は不思議そうな眼差《まなざ》しで見ている。

「弦矢さん、怒らないし、反論もしないいんですね」

「どうして、そんなことを？」

「死相学探偵であれば、こういった世界全般について、受け入れこそすれ否定はしないんじゃないかと思って」

「むしろ逆です」

問いかけるような美穂の顔に向かって、

「俺の祖母は、拝み屋をしています。かなり力のある人で、全国各地から相談者がやって来る。先祖の霊が障る。悪霊に憑《つ》かれた。引っ越した家に幽霊が出る。何かの祟《たた》りを受けている。恋敵《こいがたき》に呪いをかけられた。だから何とかして欲しいという、その手の依頼がひっきりなしにある」

「へぇ。凄《すご》いわね」

「ただし祖母に言わせると、その依頼の九割九分は違う」

「何が？」

「依頼人には、まったく何も憑いていない、障っていない、祟られていない……ということです。問題は、その人の頭や心にある」

「その事実を、お祖母《ばあ》様は伝えるの？」

「相手によります。教えて分かる人、また教えたほうが効果的な人にはそうする。でも、逆効果しかもたらさない人もいる。それに祖母がお祓《はら》いすることにより、本人の思いこみが簡単に治る場合もある」

「ケースバイケースね」

「ええ。もちろん必要であれば、医者を紹介する」

「そうなの」

美穂は驚くと同時に、とても感心しているようだった。

「そういう環境で育ったので、とりあえず俺も、まず疑うことからはじめます」

「けど、死相は本当に視えるんでしょ？」

「その原因が、オカルト的なものとは限りません」

「あっ、そうよね」

納得の笑みを浮かべた彼女は、そこから真顔になると、

「それで今回の件は、どう判断しているのかしら？　現実的な考え方をできる余地が、果たしてあるのかどうか」

「どれほど怪異な出来事であれ、合理的解釈を行なうことは可能です」

「頼もしいわね」

「それが真実かどうかは、別問題として——ですけど」

「うん、それは理解できる。あなたの考えを聞かせて下さる？」

「もっとも自然なのは、才子さんも沢中さんもその死因は恐怖にあった——という解釈です。普通ならあり得ないけど、二人とも極めて特殊な状況下にいた。真っ暗な闇の地下室

で、百物語の会と四隅の間の儀式を行なっていたわけですから。しかも同じ場所で、才子さんは過去に自殺した女性がいたことを聞かされ、沢中さんはその女性と才子さんという二人の死の事実を知っていた。まだまだ感受性の強い年代の女性が、ショック死しても決しておかしくない状況が整っていたと思う」

「それが二年連続で続いたのは不自然だけど、同じ地下室、内容は違うけれど恐ろしい儀式……と、お膳立《ぜんだ》てもそろっているしね」

「そうです。さらに沢中さんには、才子さんの死に対する罪悪感もあった。つまり才子さんよりも、ショックを受けやすかった」

「みんなが聞いた囁《ささや》き声は？」

「消去法で考えると、沢中さんになる。異様な環境下に置かれた彼女は、才子さんへの罪悪感から、ついそんな台詞《せりふ》を口走ってしまった。その彼女がショック死したのは確かに妙だけど、あらぬことを口にするほど精神的に追い詰められていた、と見なせば納得はできます」

「実は、点子ちゃんから相談を受けたとき、私が彼女にした説明も、今のあなたのものとほぼ同じなの」

「…………」

「あっ、別に弦矢さんの手柄を取るつもりで、こんなこと言ったんじゃないのよ」

「いえ、別にそんなふうには……」

美穂に好感を覚えたのは、この彼女の合理精神を無意識に察したからだと、俊一郎は合点がいった。

「ただね。どうしても説明できないことがあるの」

「何です？」

「六人目のこと……」

「………」

「点子ちゃんには、錯覚の一言で片づけたけど……。でも、そもそも加夏が抜けて四人になってからも、本当にAからDへの循環が続いていたのかしら？」

「三人の証言を聞いた限りでは、そのようですね」

「ほんとに？」

「俺が注目したのは、田崎さんの話です。彼は儀式がはじまると、つねに部屋の中央に置いておいた目印の、夜光塗料をつけた人魂《ひとだま》に注意を払っていたらしい」

「彼がコレクションしている、妖怪《ようかい》フィギュアね」

「ええ。その微《かす》かな光は、ずっと見えていた。ところが、儀式がはじまって数十分は経過したと思われるあたりで、見えなくなる地点があることに気づいた」

「例えばAからBに行く途中のどこかで——ということ？」

「そうです。その地点からは、人魂の光が見えない。なぜか」

「田崎君と人魂の間に、何か邪魔になるものがあったから――。つまり、加夏が立っていたから――」

「と考えるべきでしょう。そして彼が、その事実に気づいてから、例の囁きが聞こえるまでには、それなりの時間があったらしい」

「加夏が抜けてからも、四角形の輪は回り続けた……」

「そう認めて問題ないと思います」

「六人目が出たってことか……」

「怪異を受け入れるんですか」

俊一郎の問いかけに、美穂は苦笑しながら、

「そういったものを何が何でも認めない――わけじゃないのよ。ただ、さっきのお祖母様の話にもあったけど、あまりにも嘘やまやかしが多過ぎる。だから――」

「説明はつけられる」

「えっ……？」

「六人目がいなくても、四人でも回り続けた現象の説明が――」

思わず身を乗り出す美穂に、淡々とした口調で俊一郎が続けた。

「最初に断わっておくと、これはローシュタインの回廊の解釈として、昔からあるもので

す。あなたが言っていた錯覚という説明は、実は正しい」

「そうなの？」

「より分かりやすい言葉にすると、思いこみです」

「どういうこと？」

「仮に自分がB地点にいるBとすると、A地点から来たAにタッチされたら歩き出し、C地点に立っているCに触るわけです。このとき、BはB地点からC地点へ移動することになる。でも、この移動は暗闇の中で行なわれるうえ、何周もすることになるから、四つの角の区別などすぐに分からなくなる」

「確かにそうね」

「そうなると残るのは、Aにタッチされたら歩き出してCに触るという、とても単純な行為だけです。これを真っ暗な中で、何度も何度も繰り返し行なうわけだから、被験者は一種の催眠状態に陥ってしまう。それは同時に、自己暗示でもある。自分がタッチされたら歩き出して次の人物に触らなければならない――という」

「なるほど……」

「だから、仮にCが抜けてしまっても、Bはその次のDに触れるまで歩いてしまう。もちろん、そのときは倍の距離を歩くわけだけど、暗闇の中で何度も繰り返し回っているうちに、ほとんどの感覚が麻痺《まひ》してしまい、とても気づけない状態にある。そのため、いつまでもいつまでも四角形の輪が回り続けることになる」

「うーん……」

「入埜さんが、沢中さんではない衣服に触ったような……と感じたのは、それが田崎さんだったからです」

「辻褄《つじつま》は合うわね」

美穂は納得したようだったが、あえて俊一郎は続けた。

「ただ、この解釈には弱点がある」

「四隅の問題かしら？」

「やっぱり引っかかりましたか」

「自分がそうだったら……って想像したら、ちょっとね」

「いくら催眠状態に陥り、自己暗示にかかっていても、Cのいない角を通るときに分かるのではないか。特に片手で壁を触りながらの移動だと、自分が誰もいない角を曲がった事実に気づくはずではないか。そう反論されたら、確かに弱い」

「うん」

「でも、それが認識できないほど儀式に深く入りこんでいたから、という説明はできる。また、その可能性も否定はできない」

「ええ」

相槌《あいづち》を打ちながらも、じっと俊一郎の顔を見た美穂は、

「とはいえ、どうやら他に何か問題がありそうね」

「田崎さんと今川さんが四日の深夜に――日付は五日になるけど――同じような黒い女を目撃しています」

「黒い女……」

二人の体験を説明する間、彼女は黙って聞いていた。

「才子さんから、そんな女を想像して幻覚を見た……とは充分に考えられる。ただ、二人の描写する黒い女が、薄気味悪いくらい似ているのが、どうも……」

「恐怖心が生み出した幻で片づけるには、ちょっと厄介ね」

「無理です」

「才子の亡霊か……」

「いえ。まずは人間を疑いました」

「ええっ？」

美穂は心底から驚いたようである。

「で、でも誰が……」

「真っ先に思いつくのは、遺族です」

「あっ……」

「もっとも、さすがに自殺した女性は除外できる」

「そうね。もう何年も前の話だし、そもそも百怪倶楽部は関係ないしね。けど、そうなると才子の？」

「彼女の母親は、不十分だったとはいえ大学の説明を受けて、一応は納得したようです。しかし、離婚した父親と、その父のほうに育てられた兄は、娘と妹の死に何の疑問も抱かなかったんでしょうか」

「そう言えば田土は、彼女の母親の名前だったわ。父親は何とかっていう名字で……。えーっと……田土に似たところがあったような……。でも、だとしたら復讐《ふくしゅう》ってこと？　そんな、今ごろどうして？」

「彼女の死を知ったのが、実は最近で――」

「いいえ、それはないわ。才子が亡くなったとき、私は旅行中だった。帰って来て彼女の死を知り、すぐあの子のお母さんに手紙を出した。お焼香に伺いたいって。するとその返信に、気持ちだけ有り難くいただいておくので、そっとしておいて欲しいとあったの。娘の死のショックで、お母さんも頭痛や不眠や胃痛に悩まされていたようなの。だから、とても誰かを迎え入れる状態じゃなかったわけね。その手紙の中に、別れた父親にも連絡したと記されていたわ」

「そうでしたか」

「けど、当てがはずれたって感じじゃなさそうね」

美穂の鋭い観察眼に、思わず俊一郎は苦笑しながら、

「何者かの関与を考えるのは、当然のことだと思います」

「ええ。ところが弦矢さんは、最初からその可能性が薄いことを知っていた？」

「………」

俊一郎は少し言いよどんだ。しかし結局、先ほどの地下室での体験を話した。

「真っ暗闇の中で……」

彼女の顔に、はじめて怯《おび》えの相が浮かぶ。

「四隅の間の六人目も、真の闇の中に出現している」

「生身の人間には、とても無理ね」

「それが、黒い女なら……」

「………」

「百怪倶楽部は、四隅の間の儀式を行なった。しかし、それは空間の間ではなく、魔物の魔のほうの儀式だったのかもしれません」

十八　三人目……

尾田間美穂と話したあと、俊一郎は寮監の佐渡賢人に会いたいと思った。しかし、姫は激しく首をふりながら、

「あの変人と話しても、無駄なだけです。いえ、きっと会話にならへんと思う。もし月光荘のことを訊《き》きはるんやったら、貴子さんのほうがええですよ」

だからといって、人当たりが良くないという理由だけで、関係者を除外するわけにはいかない。ただし、姫も転子も間に入るのを嫌がったので、寮監への橋渡しは健太郎に頼むことになった。

ところが姫が言った通り、まったく会話が成立しない。俊一郎としては過去の自殺事件をはじめ、才子の死、加夏の死、茂の死について何か思うことはないか、また大学側の対応についてなど、寮監という立場ならではの意見や情報を知りたかったのだが、いわゆる取りつく島がないという態度だった。

「お前、何者だ？」

そもそも最初から喧嘩腰《けんかごし》である。

「探偵です」

「ああっ？　俺を馬鹿にしてるのか」

「いえ、別に」

「探偵ごっこに付き合うほど、俺は暇じゃねぇ」

「正式に依頼されて、ここにいます」

「ほうっ。けど俺が、お前の質問に答える義務はない」

「なるほど」

こうなると俊一郎はお手上げである。他人との接し方が以前よりましになったのは確かだが、それも相手の同調があったればこそで、少しでも非協力的な態度を取られると、たちまち行き詰まってしまう。

探偵に必須《ひっす》な聞きこみ、聞き出し、聞き取りといったテクニックについては、まだまだ経験と学習が必要であることを、彼は痛感した。

一方の寮母は、対照的にとても物腰が柔らかく、何とか俊一郎の役に立とうとしたが、残念ながら参考になる話をほとんど知らないようだった。それでも彼のために夕食と宿泊する部屋を用意してくれたので、大いに助かった。

その夜、俊一郎は月光荘の女子寮の一室をあてがわれた。今川姫の隣室の二〇三号室である。黒い女に部屋を覗《のぞ》かれてから彼女は、ずっと転子のベッドで寝ていたのだが、さすがにシングルに二人は窮屈なのだろう。それで俊一郎が隣の部屋に入るのならと、自室へ戻ることにしたらしい。

「探偵さん、うちらを守ってくれはるんですよね？」

半ば強制的に深夜の警備を彼に約束させたうえで、ではあったが——。

もっとも最初から俊一郎は、寝ずの番をする覚悟で来ていた。黒い女の活動時間が、どうやら夜に限られていると思われたからだ。自分が月光荘にいながら、新たな死者を出してしまっては何にもならない。

入谷邸連続怪死事件のときは正直なところ、次々と被害者が出ても特に罪悪感は覚えなかった。依頼人である内藤紗綾香の命さえ守れば、おのれの務めは果たしたことになると考えていた。

しかし時が経つにつれ、あれは死相学探偵としてプロフェッショナルな態度ではなかったのではないか、と省《かえり》みるようになった。

今回の依頼人は、入埜転子になる。だが、今川姫にも田崎健太郎にも死相は視《み》えた。この二人が、もし偶然に道ですれ違っただけの縁であれば、彼には関係ないかもしれない。だが依頼人の友だちと先輩であり、しかも問題の百怪倶楽部の部員なのだ。とても無関係とは言えないだろう。

依頼人が関わる何らかの事件において、その関係者で死相の出ている者があれば、同じように救うべきである――。

探偵事務所を続けていくうちに、俊一郎は考え悩むようになる。問題は、この命題があくまでも死相学探偵としての誇りにこだわったからなのか、それとも人命尊重の意思から出てきたのか、どちらか彼にも分からない点である。

子どものころから否応《いやおう》なく数多《あまた》の「死」に接し、死視の力のために「死神、悪魔、怪物」と差別された過去を持つゆえに、普通の人とは違った死生観を自分は有しているらしい。それは俊一郎自身も折にふれ、嫌でも実感させられる事実だった。

死相学探偵の活動を通じて、俺は少しずつ変化しているのか……。

そんなふうに考えること自体、これまでの彼にはない経験だった。ただ、この変化が死相学探偵という存在にとって、果たして吉なのか凶なのか――。容易には答えの出ない、非常に難しい問題と言えた。

慣れない女子寮の一室にいると、つい真剣に考えこんでしまう。今は、もっと差し迫った案件があるというのに。

とにかく基礎的な調査だ。

完全に祖父母とのホットラインと化している携帯を取り出すと、俊一郎は祖母に電話をかけた。

「もしもし、祖母《ばあ》ちゃん？」

「お客さん、えらい滞納してはりまっせ」

「いきなり何だよ」

「せやから調査費の払いが、なんぼも滞《とどこお》ってる——そう言うてるんや」

これはまずいぞ、と俊一郎は思った。

ひとりで探偵事務所をやっていると、依頼人や関係者の基礎的な調査まではとても手が回らない。また彼のところに来る依頼人は、その時点ですでに死相が現れている者も多く、悠長に周辺調査を行なっている時間がない。

一方、祖母の顧客は全国にまたがっている。しかも各界の有力者も多く、彼女の情報網の広さと正確さは折り紙つきと言えた。

そこで俊一郎と祖母の間に、彼の依頼人や関係者の身元調査を彼女が請け負う、という業務提携が自然に生まれた。もちろん業務であるため、その対価が発生するわけだが、ここ数ヵ月ほど支払いが遅れていたのである。

「来月には、まとめて払うからさ」

「ほんまやな」

「ちょっとは孫を信用しろよ」

「仕事だけ頼んで金を払わんヤツが、何を偉そうに言うとる」

「世の中には、ローンやツケっていう制度もあるじゃないか」

「アホ、何を寝ぼけたことを。そういうんは、最初から双方の話し合いで決めてあるもんや。片方の都合だけで、いきなりそんなことできるかいな。ええか、世の中いうんは、そんなに甘いもんや――」

「分かった。悪かったよ」

「ほんまに、こん子は……」

「それでさ、祖母ちゃん――」

「あかん！」

「まだ何も言ってないだろ」

「あんたの口調だけで、良からぬ頼み事やいうんが分かるわ」

「あのな、普通に仕事の依頼だよ」

俊一郎は要領良く百怪倶楽部の件を説明した。

「黒い女……か」

「才子の念だと思う？」

「話を聞いただけでは分からんな」

それも間接的に耳にしたのだから、さすがの愛染様でも判断は難しいのだろう。

「あまり役には立たないと思うけど、とりあえず関係者の周辺調査は一通りやっておくべきだろ」

「せやなぁ」

「ということで――」

「払うもんを払《はろ》うてもろたら、こっちはなんぼでも調べまっせ」

「だから、来月にまとめて――」

「なら、仕事を受けるんも、それからいうことになるわな」

「守銭奴《しゅせんど》かよ」

「何を人聞きの悪い。社会一般では当たり前のことや」

「そりゃそうだけど……。ここは、祖母と孫の関係に免じて――」

「また甘えたことを」

「でも、それが肉親の特権ってものじゃ――」

「俊一郎、あんた、お祖母ちゃんがおらんようになったら、いったいどうするんや」

「えっ……」

「せやから、死んでしもたらどうするつもりやと、訊《き》いてるんや」

「そりゃ祖父《じい》ちゃんと一緒に、それなりの葬式を出してやるよ」

「アホ！　誰がそんなこと言うとる。だいたいやな、わたしゃよりもあん人のほうが、先に逝《い》くわ！」

「まぁ女性のほうが、平均寿命は長いからな」

「そうそう……って、そういう話やない！　いや、ちょっと待ち。それなり、それなりの葬式って何やねん。立派な葬儀を出しますから——って言うんが普通やろ」

「きんきらきんの豪華なのがいいのか」

「せやなぁ、金色の蓮《はす》の花があって……って違うわ。ええわ、そうやって言うてたらええねん。ほんまにお祖母ちゃんが死んで、そんときになって、おいおい男泣きしても、もう遅いねんからな」

「少なくとも、僕は泣いてくれると思うよ」

「猫よりも、わたしゃのほうが早う死ぬんかい！」

「だって、あれ化猫だから……」

「おいそれとは死なんか」

「そういう意味では、祖母ちゃんも妖怪《ようかい》みたいな……」

「なんやて？」

「い、いや……」

「誰が鬼婆《おにばば》やねん」

「そんなこと言ってない……」

「あんたな、そもそも人の死というもんは——」

「祖母ちゃん、その話は長くなりそう？」

「…………」

「それで、調査の件だけど――」

祖母が大きな溜息《ためいき》をつくのが聞こえた。

「鈍行やで」

調査には、特急、急行、準急、普通という種類があった。依頼してから調査結果が出るまでの時間差によって、料金も変わるというシステムである。ちなみに支払った金額の一パーセントは、ポイントとして貯まる仕組みだった。

「分かった。それでいいよ」

「それと、今回はポイントがつかんからな」

「はい、はい……」

「はいは一回！」

「はい……」

「元気良く！」

「はい！」

「それでええ」

祖母に電話すると、いつも同じ会話をしているような気がする。だが、それを言うと

「お前に進歩がないからや」と返されるのが目に見えている。

祖母の気が変わらぬうちにと急いで関係者の氏名を教え、携帯を切った。

日付が九日の土曜日に変わり、時刻が午前一時半になったところで、俊一郎は部屋を出た。黒い女を見たという健太郎と姫の話によると、おおよそ午前二時の前後らしいと察しがついている。

まず姫と転子の部屋が、ちゃんと施錠されているかを確認する。どちらも扉には鍵《かぎ》がかかっていた。ただし黒い女には通用しないことは、姫の体験から分かっている。つまり鍵は気休めに過ぎない。彼女たちが頼りにしているのは、俊一郎の存在なのだ。

足音を立てないようにして、ホールへと向かう。常夜灯と自動販売機の明かりだけが、がらんとした空間に輝いている。普段であれば深夜とはいえ学生寮のこと、談話室で話しこむ者がいてもおかしくないが、さすがに今は誰もいない。

俊一郎は地下室に通じる扉の前の談話室に入ると、壁側の衝立《ついたて》を少しずらしてから、その近くの椅子に座った。

男子寮の見回りは必要ないと、夕食のあと健太郎からは言われていた。

「戸村茂さんの件もありますが……」

遠回しに危険であることを伝えると、

「酔って歩道橋に上がるようなことを、俺がしなければいいだろ」

「けど先輩、ここんところ毎晩、飲み続けているじゃないっすか」

二人の側にいた佳人が、そんな情報を俊一郎に教えてくれた。

「外に出なければいい」

「あなたと今川さんが、黒い女を目撃したのは、この寮の中です」

「そうだ」

「つまり危険です」

「だから、彼女たちを見守ってやってくれ」

「そのつもりです」

「あっちは二人もいる。それに今川君に罪はない。まして入埜君には――」

「あなたは、どうするんです？」

「君は、女子寮に泊まるんだろ。貴子さんの許可を得て」

「ええ」

「だけど、寮監の変人に話を通してるわけじゃない。それどころか、君が女子寮に泊まることを気づかれたら大事だぞ」

「間違いなく大学に通報しますよね」

横から佳人が補足しつつ、さらに注意をうながした。

「夜中に男子寮をうろついていて、もし寮監に見つかりでもしたら、即座に警察を呼ばれかねないっすよ」

「こっちは大丈夫だ。女子寮を頼む」

「田崎先輩が、酔って風呂《ふろ》で溺《おぼ》れないよう、せいぜい僕が見張ってますから」

健太郎と佳人にそう言われ、俊一郎は納得するふりをした。

このときすでに、見張りの重点は地下室に置くべきだと考えていたからだ。黒い女が姿を現す基点の場所さえ押さえておけば、三人のうち誰のところに向かおうと、あとを尾《つ》ければ良い。仮に男子寮へ行くのであれば、何のためらいもなく健太郎の部屋に駆けつけるつもりだった。

この決意に嘘偽りは一切なかった。しかし俊一郎は、扉を見張りながら思わず自問していた。

魔を祓《はら》う力のない俺が、果たして黒い女を阻止できるのかどうか――。

祖母の下で修行した際、祓いの業も一応は修めている。ただ、あくまでも知識として学んだ面が強く、一度として実践はしていない。

そのうち嫌でも行使する必要に迫られる状況が、きっとやって来るだろう。いざというときのために、今から少しずつ慣れておく必要がある。頭では分かっているのだが、なかなか決心がつかない。

微《かす》かな物音がした。

衝立の隙間から覗《のぞ》くと、地下室に通じる扉が少しずつ開いている。

出たか……？

緊張のあまり身体が強張《こわば》った。両肩に異様なほど力が入る。身体を微動だにさせず、ひたすら衝立の隙間に視線を凝らす。

やがて、扉の陰から黒い女が現れた。

明かりが乏しいうえに、相手の全身が黒っぽいため、その容姿はほとんど見て取ることができない。顔の部分が黒いのは、例のレースで被《おお》っているせいか、それとも実際に真っ黒な顔をしているからか……。

衝立一枚をへだてただけで、黒い女と対峙《たいじ》しているのだと思うと、さすがに俊一郎も怖くなった。

黒い女はホールの気配を探っているのか、まったく扉の前から離れず、身動きひとつしない。彼も息を殺したまま、とにかく衝立の陰に身を潜ませる。本当はもっと覗いて観察を続けたかったが、見つかりそうで断念した。いや、正直なところ恐怖心から目を離したとも言えた。

ひた、ひた、ひた……。

黒い女が動き出した。それも女子寮のほうへと……。

すぐに談話室から出て、あとを追おうとした俊一郎は慌てて戻った。相手が急にふり返ったからだ。

顔から一気に汗が噴き出すと共に、背筋がぞっと震えた。

見つかった？

衝立の陰に隠れながらも気が気ではない。昨日の夕方、地下で襲われたときとは違った
別種の戦慄《せんりつ》を覚える。

した、した、した……。

遠ざかる足音が聞こえてきた。どうやら大丈夫だったらしい。

俊一郎は談話室から飛び出すと、物音を立てないようにしながら、しかし急ぎ足で女子
寮へと向かった。そのまま転子と姫の部屋に駆けつけようとしたが、思い直して一階にあ
る寮母の部屋へと行く。

「すみません、弦矢です」

扉を静かにノックしつつ、小声で呼びかける。

「起きて下さい。探偵の弦矢俊一郎です」

しばらく間があってから扉が開き、寮母が顔を見せた。

「夜分にすみません。詳しい説明はあとでします。ここから寮の出入口が見えますよね。

俺が戻って来るまで、この扉の隙間から見張っていて欲しいんです」

「はぁ……」

「何かを見ても……たとえ何を目にしても、絶対に騒がずに、じっとしていて下さい。くれぐれも部屋から出ないこと。いいですか」

「は、はい……」

呆然《ぼうぜん》とする寮母を残して、俊一郎は二階へと走った。

まず姫の部屋に行って扉に手をかけると、鍵がかかっていた。転子の部屋も同じように確認してから、ノックする。

「入埜さん、弦矢です。起きて下さい」

ほとんど待つことなく、扉が開いて転子が出て来た。

「どうしたんです？　まさか……」

「話はあとで――。急いで今川さんを起こして、あなたの部屋に二人でいて下さい。いいですか。俺以外の誰が来ても、絶対に扉を開けないように」

「えっ……」

「分かりましたね？」

「は、はい！」

姫の部屋の前で、転子が慌ただしく扉をたたきはじめた。その様子を目に留めてから、俊一郎は二階の残りの部屋とトイレを調べ出した。もちろん、自分にあてがわれた部屋も含めてである。

だが、自室に異常はなく、その他の全室は施錠された状態だった。トイレにも誰もいない。同じように三階をあらためる。尾田間美穂の部屋にも鍵《かぎ》が下りている。念のために美穂の部屋の扉をノックする。しかし、もう就寝しているのか答えがない。他の部屋とトイレをあらためるが、どこも妙なところは見当たらない。

黒い女はどこだ？

再び二人が心配になり、急いで転子の部屋へと戻る。

「いったい何があったんです？」

怯《おび》えながらも気丈に質問する姫に、転子が寄り添っている。二人の無事な姿を確認した俊一郎は、軽くうなずいただけで一階へ降りた。

ここも上階と同様、すべての部屋とトイレを調べるが、どこにも異常はない。最後に寮母の部屋に行くと、

「この寮から出て行った者が、誰かいましたか」

「いいえ……」

「ずっと出入口を見ていたんですよね」

「はい……」

一階の廊下とトイレの窓を重点的に見て回るが、すべて鍵が下りていた。

「戸締まりは、あなたが？」

「ええ。昔、トイレの窓から痴漢が入ったことがあると聞いて、特に一階の窓には気をつけています」

「何時ごろに閉めたんです？」

「十時です。ホールの窓も同じです。玄関だけは、門限の十一時半に閉めます。ホールは私だけでなく、寮監さんも確認されます」

「分かりました。もう結構です」

唖然《あぜん》とした寮母が、何か言いたそうにしているのに気づかないまま、俊一郎はさっさと二階へ上がってしまった。

あの黒い女は、間違いなくこの建物に入った。

ホールの暗がりの中で見たとはいえ、女子寮のほうへと向かったのは確かだ。仮に途中で引き返して来たのなら、あとを追った彼と遭遇していなければおかしい。

ところが、一階から三階まで調べても、どこにもいなかった……。

すべての部屋には鍵がかかっていた。隠れる場所はトイレしかない。しかし、三つあるトイレには異常が認められない。一階の廊下の窓は施錠されており、唯一の出入口は寮母が見張っていた。

つまり、消えたってことか……。

考えてみれば、あの女は鍵の下りた姫の部屋の扉を開けているのだ。真っ暗闇の地下室でも、誰もいなかった最初の部屋から現れ、また元に戻って姿を消している。密室と化した女子寮から抜け出せたとしても、何の不思議もない。

あっ、地下室に戻ったのかも……。

俊一郎は思わず階段の途中で立ち止まった。確かめるべきかと考えたが、とっくに地下の暗闇へと消えたに違いないと諦《あきら》めた。それに今から地下室に降りるのは、正直ぞっとしない。

転子の部屋に行くと、二人から質問攻めにされた。隠しても仕方がないので、黒い女のことを話す。その結果、姫は転子のベッドで一緒に、俊一郎は扉裏の床の上に寝るはめになった。どうしても同じ部屋にいて欲しいと、二人に頼みこまれたため、彼も断わり切れなかった。

黒い女は二人のどちらかの部屋に、やっぱり行こうとしたんだろうか。

あてがわれた部屋からベッドのマットレスや毛布を、転子の部屋へと運びながら、俊一郎は考えていた。

でも、俺の存在にどこかで気づいて、今夜のところは諦めたのか。

この解釈は、半分は当たっていた。ただし、はずれた半分は、田崎健太郎の死という形で彼を打ちのめすことになる。

十九　あいまいな死

九日の朝の八時ごろ、男子寮の三階の自室で首を吊《つ》っている田崎健太郎が発見された。見つけたのは、朝食に先輩を誘おうとした畑山佳人である。

すでに転子たち三人と食堂にいた俊一郎は、佳人の驚くべき知らせを聞くと、二人には尾田間美穂を呼んで一緒にいるように言いおき、すぐ男子寮に駆けつけた。

「これは……」

部屋に入ると、窓のカーテンレールから伸びたロープの輪に首を絞められ、絶命しているように見える健太郎の姿があった。

「呼吸と脈は？」

「た、確かめてないっす……」

素早く駆け寄って身体を持ち上げながら俊一郎が叫ぶ。

「早くロープを取ってくれ！」

扉口でおろおろしていた佳人が慌てて近寄って来ると、おっかなびっくりな手つきで、健太郎の首からロープをはずした。

「助かりそうっすか……」

上半身に死後硬直の現象が起きているのは、法医学には素人の俊一郎にも分かるほどだった。無駄とは思ったが念のため手首の脈を確認すると、やはり何も感じられない。

「警察には？」

首をふりながら佳人に訊《き》くと、

「一一九番と一一〇番に、寮監が連絡しているはずです」

「昨夜の田崎さんは、どんな様子だった？」

すぐに救急隊員と警察官が到着し、発見者の彼と話ができなくなると考え、矢継ぎ早に質問することにした。

「元気はなかったすね。夕飯もあんまり食べずに……」

「お酒は？」

遺体からは、ぷーんと酒の匂いがしている。

「飲まれてましたよ。僕も付き合いましょうか――って言ったんすけど、ひとりで飲むからって部屋に入って……」

「それからは会ってない？」

「十時過ぎごろだったかなぁ……。風呂《ふろ》に入りに行くとき、誘ったんすよ」

「うん」

「それで一緒に入ったんすけど、よけいに酔いが回ったらしくて、出たときは部屋まで送る始末で——。けど先輩は、ラーメンを食べに行くと言い張るんすよ。もうすぐ門限だし、戸村先輩のこともあるし、今から外出するのは止めましょうって、なだめるのにもう大変で……」

「何時くらいまで、この部屋に？」

「十二時前かなぁ……。少し一緒に飲みましたけど、もうお前は寝ろって言われて、それで自分の部屋に戻りました」

「別れ際の彼の様子は？」

「落ちこんでるというか……」

「自殺しそうな雰囲気があった？」

「い、いえ……。そこまでは、いくら何でも……」

そのとき寮監が現れた。

「おい、お前！　そこで何をやってる？」

「人命救助です」

「何ぃ？」

「もっとも、手遅れでしたが——」

「この馬鹿がぁ、現場に手をつけるな！」

「刑事ドラマの見過ぎじゃないですか」

「な、な……」

「首吊りを発見したら、まず下ろして蘇生《そせい》措置を施すのが当たり前でしょ」

「な、何を偉そうに――」

「放っておいたら、助かる者も死なせてしまう」

「だいたいお前が、どうしてここにいる。ふ、不法侵入で警察に――」

「ここにいるのは、依頼を受けた探偵活動の――」

「ちょ、ちょっと二人とも――」

佳人が間に入ったところで、救急車のサイレンの音が近づいてきた。それにパトカーが加わり、寮監が慌ててホールへ走り出すと、俊一郎もその場を離れた。

あとで警察に事情を聞かれるのはやむを得ないとしても、現場にいる姿を見られ、痛くない腹を探られるのは避けたかった。

探偵の仕事をしていたことは認めるしかない。しかし、本当の依頼内容は話せない。いや、へたに話したら事態がややこしくなるだけだ。つまり適当な嘘をつく必要がある。そのためには、あまり事件に深入りしていない印象を与えるのが得策だった。

食堂に戻ると、転子と姫の側に美穂もいて、さっそく三人から健太郎の安否を質問された。すぐに分かることなので正直に話す。

「そんなぁ……」

転子と姫の二人は、今にも抱き合わんばかりの格好をした。

「田崎君が……」

美穂はつぶやくように彼の名を口にして黙ると、やがてこう続けた。

「自殺だと思う？」

「分かりません」

「ずいぶんと参っているように見えたのは、確かなんだけど……」

「自殺までする感じではなかった？」

「ええ、そうね」

怯《おび》えた口調で姫が、

「やっぱり黒い女が、やったんですよ」

「田崎君を首吊りにしたって言うの？」

「はい……」

「そんなオカルト映画みたいなことが――」

「でも、加夏先輩に続いて戸村部長が……、そして今度は田崎副部長まで……。どう考えても変やないですか。普通と違いますよ」

「私も、姫ちゃんと同じ意見です」

そこに転子も加わり、美穂が二人を相手に才子の亡霊を否定するはめになったため、俊一郎が割って入った。

「田崎さんの死が他殺か自殺かは、警察が遺体を調べれば分かると思う。その結果を待ってからでも――」

「仮に自殺やったとしても、一緒です」

姫はかたくなだった。

「どうして？」

「黒い女が、そう仕向けたに決まってるから……。たとえ田崎さんが嫌やとあらごうても、どうすることもできんかったんです」

「無理に首を縊《くく》らされた……？」

こくりと姫がうなずく。

とっさに俊一郎は、美穂と顔を見合わせた。そしてほぼ同時に、お互いが発言しようとしたとき、後ろから場違いなほど大きな声がした。

「おいおい、またお前か――」

ふり返ると、入谷邸事件で知り合った所轄署の曲矢《まがりや》刑事が、ゆっくりこちらに歩いて来る姿が目に入った。

「まず愛想の悪い陰気な寮監から、探偵だと名乗る怪しい若造が不法侵入をしていると聞いた。次いでやたらとテンションの高い美青年からは、クールで取っつきにくいけど何か格好いいという、死相を視《み》ることのできる探偵が調査していると教えられた。で、もしやと思ったら——やっぱりお前だったとは」

「その節はどうも——」

「ほうっ、少しは挨拶《あいさつ》できるようになったか」

「お世話になりました……か？」

「ふんっ。皮肉を態度でなく、言葉で示せるようになっただけか」

二人のやり取りを唖然《あぜん》と眺める女性三人をよそに、曲矢はじーっと俊一郎だけを見つめている。

「まぁいい」

そう言うと刑事は、くいくいっと右手の人差し指を動かし、俊一郎をホールへと誘い出すと、そのまま談話室へと導いた。

「で、どういう事情なんだ？」

弦矢俊一郎探偵事務所の仕事内容だけでなく、祖父母のことも曲矢は知っているため、嘘をつく必要がない。というより無駄だった。

「依頼を受けたのは、昨日ですけど——」

「なら、依頼人が事務所に訪ねて来てからのことを、すべて話してもらおうか。もちろん、過去に遡《さかのぼ》る必要があるなら、それも含めてだ」

俊一郎は素直に——ただし死視した結果だけは口にせず——月光荘の地下室と百怪倶楽部にまつわる出来事を話した。

その間、曲矢は大人しく耳をかたむけていたが、

「まったくお前の関わる事件は、何だってそう怪奇で、気味が悪く、厭《いや》な気分になるものばかりなんだ？」

「刑事さんが担当する事件は、悲惨で、殺伐として、悲哀に満ちているのでは？」

「…………まぁな」

怒るかと思ったが、意外にも曲矢はあっさり肯定した。ただ、そこから皮肉な笑みを浮かべると、

「しかし、お前が関係しているということは、我々が扱う必要のない事件だと分かるから、楽と言えば楽だよな」

「決めつけていいんですか」

「被害者は呪いや祟《たた》りや憑《つ》き物のせいで殺されるんだろ？　仮に呪いをかけた加害者と呼べるヤツが存在したとしても、そんなもの法治国家の日本で捕まえられるか」

「俺が視る死相は、そんな原因だけで現れているとは限らない」

「どういう意味だ？」

「今から三日後、通り魔に殺される人にも死相は出ますからね」

「ほうっ……」

「つまり、その人に訪れる近い将来の死の原因が何であるのか、死相からだけでは分からないということ」

「それが本当なら、大して役に立たん能力だな」

「だから俺は、探偵をやっています」

「まだ今は存在していない、未来の死因を探る探偵か――」

曲矢は少し考えこむ仕草を見せた。だが、背広の内側から手帳を取り出すと、それに目を落としながら何事もなかったように、

「それで、沢中加夏、戸村茂、田崎健太郎の三人の本当の死因は、いったい何だっていうんだ？」

「まだ分かりません。沢中と戸村の死に、不審な点はないんですか」

「あのな、質問するのは俺だ」

ムッとした表情を浮かべつつ、それでも俊一郎の問いに答えたのは、曲矢なりに思うところがあったのかもしれない。

「戸村が転落した歩道橋の階段の上には、特に争った跡はなかった。ただし、かなりの飲

酒量だったので、ポンッと背中を押すだけで、簡単に突き落とせただろうな」

「なるほど」

「実はな、黒い服を着た女らしき人物を見た——という目撃証言がある」

「えっ……」

「それも二人いるんだが——」

「何か問題がありそうですね。よろしければ教えていただけませんか」

「情報を入手できると思ったとたん、急に言葉遣いが丁寧になりやがる」

文句を言いながらも、どこか曲矢は楽しそうだった。

「ぶっきらぼうが、お前には似合ってるぞ」

「そうですか。で、目撃者の話は？」

「ああ。戸村が転落した階段の上に、黒い女が立っているのを見たのは、近くの家に住む爺《じい》さんだ。トイレに起きたとき、小窓から目に入ったという。しかしな、家族によると爺さん、毎晩のように度の過ぎる晩酌をしていて、何を見たか知らないが、あまり当てにしないでくれ……ということだった」

「もうひとりは？」

「こっちは、道路の反対側の家に住んでいる中学生だ。夜更かしをしていて何気なく外を見ると、歩道橋の階段の上に黒い女が立っている。戸村が転落したのとは、反対側の階段だな。ただ、その姿がなぜか気味悪かったので、すぐに目をそらしたそうだ」

「戸村の転落、老人と中学生の目撃、この三点の時間的な関係は分かりませんよね」

そう尋ねる俊一郎に、曲矢は得意そうな顔で、

「いや、爺さんはボンボン時計が鳴るのを聞き、中学生は勉強机の時計で無意識に時間を確認している。また戸村の腕時計は、転落のショックで壊れて止まっていた。この三つの時間を並べると、戸村の転落↓中学生の目撃↓爺さんの目撃となる」

「それって変じゃ……」

「もし黒い女が戸村を突き落としたのなら、爺さんの目撃↓戸村の転落↓中学生の目撃か、もしくは中学生の目撃↓戸村の転落↓爺さんの目撃にならないとおかしい。今の状況で考えると、黒い女は戸村を突き落としたあと、いったん反対側の階段まで行って中学生に姿を見られ、また犯行現場の階段に戻って来て爺さんに目撃された、という訳の分からない行動を取ったことになる」

「確かに――」

「しかも、三つの時間差は、本当にごくわずかだ」

「えっ……」

「黒い女がどんな動きをしたにしろ、ほとんど瞬間移動を行なったとでも考えない限り、説明がつかないんだよ」

「人間じゃない……？」

「沢中加夏の死に、不審なところは何もなかった。また彼女と戸村の死にも、何ら関連性は見出《みいだ》せなかった。単なる偶然というのが、警察の結論だったんだが――」

「田崎の死で、それが崩れた？」

「どうかな」

曲矢はとぼけたが、俊一郎を見つめる眼差《まなざ》しには迷いが感じられる。

「自殺ですか」

「すぐに分かるか」

突っぱねられたが、曲矢は大きく溜息《ためいき》をはくと、さも仕方がないという態度で、

「検視の感じでは、自殺だと思う」

「……………」

「ただな、首を絞められた痕跡《こんせき》が、ごく微《かす》かにあるのも事実なんだ」

「けど、実際には本人が自ら首を縊《くく》っている？」

「そうなるな」

「……………」

「結局、あいまいな死なんだよ。三人とも……」

「……………」

「それもお前が関係していると分かったことで、少しはすっきりしたわけだが——」

「どうしてです？」

「この事件には人知を超えた何かが関わっていて、警察の捜査は無意味である——そう判明したからさ」

「すでに、そういった判断が出ているんですか」

「おそらく上のほうではな」

祖母の顧客には、実は警察の関係者が少なくない。それも多くは上層部の人間だった。そのため俊一郎のまったく気づかないところで、弦矢俊一郎探偵事務所の活動に対する支援や配慮や優遇が、秘《ひそ》かに行なわれている場合がある。もちろん表立ってではなく、あくまでも陰で秘密裏にだ。

しかし、こういった状況を単純に喜んで良いものか、つねに俊一郎は疑うように心がけていた。彼を取り巻いている事態は、祖母に世話になったから孫を助ける——そういうレベルの話では決してないはずだ。

「おい、どうした？　聞いてるのか」

曲矢に声をかけられ、俊一郎はハッとした。

「お前は時々、そうやって自分の殻に籠《こも》るな」

「…………」

「まぁ俺には関係ないが——。今回の件について警察としては、田崎の検死で他殺の疑いが出ない限り——それも明らかな痕跡が遺体に残っているとかだな——様子を見ることになると思う」

「あいまいな死……だから？」

「そういうわけだ」

「おまけに俺が関わっているので？」

「むしろ、そのほうがメインだよ」

曲矢は苦笑を浮かべたが、すぐ真顔になると、

「で、依頼人をはじめ、死相が出ている者が他にもまだいるのか」

「…………」

「探偵の守秘義務ってやつか」

「それもあるけど——」

「まぁいい。聞いたところで、俺にはどうすることもできんからな」

「…………」

「お前もプロなら、これ以上の死人を出さないようにしろ」

「そのつもりです」

「何かあったら、連絡してこい。役に立てるかどうかは分からんがな」

そう言うと曲矢は、さっさと男子寮のほうに行ってしまった。

俊一郎が食堂に戻ると、転子と姫と美穂の側に畑山佳人の姿があった。どうやら警察の事情聴取から解放され、たった今、彼女たちに田崎健太郎の死の様相をすっかり話し終えたところらしい。

「酷《ひど》い……。田崎君まで……」

「やっぱり才子さんの……、黒い女のせいですよね」

美穂のつぶやきに、姫の問いかけが重なる。

「次は、うちらや……」

「姫ちゃん、そんな……」

「ううん、点子ちゃんは大丈夫かもしれへん。才子さんが亡くなったとき、まだ城北大学には入学してへんねんから――」

「ちょっと待ってくれ」

慌てて俊一郎は二人に近づきながら、

「入埜さんは今、文学部国文学科の二年生でしょ。だとしたら、去年は一年生だったはずでは――」

「あれ？　弦矢さんに話さんかったですか。点子ちゃんは今年の春、この大学に編入して来たんです」

「えっ……」

そう言えば、探偵事務所に推薦状を持って来たのは入埜転子であり、最初に口をきいたのも彼女だった。しかし、その説明が要領を得なかったため、実際に話をしたのは今川姫のほうだったのだ。

姫が語り手を務めたので、当然だが彼女の視点で過去の出来事を聞く格好になった。そのため、昨年の百物語の会に転子は参加していなかった――という事実が抜け落ちてしまったらしい。二人は当事者なので分かりきっている。だから、どちらも説明不足には気づかなかった。

となると二人の死相の差は、才子の死に関わっていたかどうか、この違いに原因があるってことか。

そう考えた俊一郎は、あらためて二人を死視した。が、その結果に我が目を疑うほど度肝を抜かれ、訳が分からなくなってしまった。

なぜなら、入埜転子の死相が完全に消えていたからである。

二十　消えた死相

どういうことだ？

やはり死相は、二つの種類に分かれていたのだろうか。ひとつは戸村茂をはじめとする昨年の百物語の会に参加した四人に現れたもので、もうひとつは入埜転子だけに視《み》られたもの、というふうに。

彼女の死相だけが他とは違っていた――。

その理由を、転子が田土才子の死に関わっていなかったからと解釈すれば、このグループ分けにも納得がいく。百怪倶楽部を巡る一連の出来事の中で、四人と彼女の一番大きな差異は何かと言えば、やはりその事実に行き当たるからだ。

もっと早く気づくべきだった……。

これは完全に俊一郎のミスである。関係者が百怪倶楽部の部員ということで、みなが一年生のときから入部しているのだと思いこんでしまった。考えてみれば中途からの参加も、充分にあり得るわけだ。他大学から編入して来た者であれば、なおさらそうだろう。

でも、今は後悔をしている場合じゃないぞ。

「何をうじうじ反省しとるんや。そんな暇が、お前にあるんか」

きっと祖母なら、そう言うに違いない。

「そないなこと、よけいに時間を無駄にするだけや。もっとやらんといかんことが、今のお前にはあるやないか」

続けて叱咤《しった》激励し、間違いなく俊一郎の尻《しり》をたたきまくるだろう。とにかく死相の意味を突き止めること。今はそれだけに集中するんだ。

茂をはじめとする四人は、百物語の会という一種の降霊儀式を行ない、地下室で自殺した女性の怨念《おんねん》を呼び出してしまった。その結果、才子が死亡した。または才子の死は、本当に突然死に過ぎなかった。いずれにせよ、このとき転子は東京にすら来ていなかったわけだ。

次に転子を含めた五人が、四隅の間という同じく降霊儀式を行なったため、才子の怨念が六人目となって現れた。そして加夏が死亡した。もしくは、才子ではなく自殺した女性の怨念が出た。と、いずれの解釈もできる。もちろん、加夏も突然死しただけかもしれない。しかし黒い女の出現や茂と健太郎の連続死など、これまでの出来事を鑑《かんが》みると、そこに何かの悪意を感じざるを得ない。

何かとは何か……？

一連の事態からは、やはり自殺した女性と才子の怨念がまず浮かぶ。茂をはじめとする四人にはこの両方の怨念が憑《つ》き、転子には才子だけが憑いたため、死相にあのような差が出たのか。

いや、転子に関してはむしろ逆か。彼女に憑いたのは、自殺した女性のほうだった。才子の死に彼女は関わっていないのだから、そう考えるのが自然だろう。自殺した女性にまったく関係のない百怪倶楽部の面々が憑かれたのは、死者を冒瀆《ぼうとく》するような儀式を行ない、なおかつそれが一種の降霊術だったからではないか……。

いや、これも違うな。ならば才子が転子に憑くのも、何らおかしくないことになる。今のところ間違いないのは、四人には二人の、転子にはひとりの怨念が憑いたため、死相にも差異が出たという解釈だろうか。

でも、どうして転子だけ、ひとりなんだ？

よく考えると、二人のうちどちらが憑いたと考えても、どうにも辻褄《つじつま》が合わない。百物語の会と四隅の間、やっている内容は違うが、降霊的な要素があるところは一緒だ。それとも昨年と今年を比べた場合、まったく異なる何かがあるのだろうか。

あっ、黒いレース……。

才子のファッションを暗示するものが地下室で発見され、それを被《かぶ》った黒い女の目撃談が複数あり、転子の死相にも同じものが視えている。

田土才子の怨《うら》みを晴らして下さい……。

あの言葉も活《い》きてくる。つまり彼女に憑いたのは、やはり才子なのだ。

違う……。そうじゃない……。

そこで俊一郎は、とても大切なことを思い出した。

僕の反応だ！

あいつは姫にだけ毛を逆立てた。霊的なものや魔的なものに対する、あれが彼なりの反応なのは間違いない。しかし、転子には無反応だった。

転子は憑かれていないから？

ならば、どうして彼女にも死相が視えたのか。

曲矢に説明したように、死相が現れる原因は祟《たた》りや呪いに関するものだけではない。ただし今回は百怪倶楽部というグループの中で、同じ儀式に参加した五人のうち、ひとりにだけ違った死相が出ている。加夏と茂は視ていないが、この連続死が何よりの証拠ではないだろうか。

全員が死んでしまったら、もはや死相の差異になど何の意味もない。あのまま放っておけば、転子も姫もいずれは死んだわけだが――

なぜか転子の死相だけが消えてしまった？

沢中加夏がショック死し、戸村茂が転落死をとげた時点ではあった死相が、田崎健太郎が縊死《いし》したあとではなくなっていた。

このまま放っておけば、最後に今川姫が死んで終わり……ということなのか。

では、入埜転子に現れた死相には、いったい何の意味があったのか。一度は死の宣告をされた彼女が、どうして助かったのか。

訳が分からない……。でも、今はとにかく――

深い深い思考の中に俊一郎が入っていると、どこかで自分の名前を呼ばれたような気がした。

「弦矢さん……？　弦矢さん？　弦矢さん！　どうしはったんです？」

ハッと我に返ると、必死に呼びかけている姫の姿が目の前にあった。そこでようやく、まだ「視る」の状態だったことを知り、慌てて「視ない」に切り替えた。

ずいぶんと長く考えこんでいたように思ったが、実際は数秒だったのかもしれない。

「まさか、うちらに変なものが視えたとか……」

俊一郎の様子を勘違いした姫の言葉に、

「そんなぁ……」

すかさず転子が怯《おび》えたので、彼は首をふりながら、

「その逆です」

「えっ……。ということは、なーんも視えんようになったってこと?」

「いや、そこまでは……。それに、まだまだ楽観はできません。ただ、解決に向けて光明が見えはじめたのかも――」

ひとりだけ死相が消えたと、ここで教えるわけにはいかない。転子には気の毒だが、しばらく本人にも伏せるつもりだった。

「やっぱり田崎さんの次は、うちらなんですね。いえ、うちらの片方やのうて、うちなんやないんですか」

姫が鋭い指摘をしたが、もちろん認めることはしない。

「でも姫ちゃん、弦矢さんが解決の手がかりをつかんだって――」

幸い転子が前向きな発言をした。実際に黒い女を目にしていないためか、まだ姫よりは冷静に見える。

「それで、何か考えはあるの?」

美穂が俊一郎に問いかけた。

「もう一度、最初から話を聞くつもりです」

今はそれしか思いつかない。だが、最初から仕切り直すことが、解決への早道ではないかと考えた。

「最初は今川さん、それから入埜さんと、ひとりずつから伺います。それぞれ大学に入学し、月光荘で暮らしはじめ、百怪倶楽部に入ってからのことを、自分の体験だけを話して下さい」

「もう一度すべての出来事を、はじめから捉《とら》え直すのね」

さすがに美穂は理解が早かった。

俊一郎は自分にあてがわれた女子寮の部屋を使い、その日の午後から夜までの時間のすべてを、姫と転子の話を聞くことに費やした。

夕方、徳島から健太郎の両親が駆けつけたが、寮には少し顔を出しただけで、ずっと警察のほうに詰めているようだった。彼の死に不審な点が認められたため、どうやら司法解剖されるらしい。

夜になると俊一郎は、再び転子の部屋にいた。二人のボディガードを務めるためだが、そのお蔭《かげ》で今回の事件について、じっくりと考える時間ができた。

彼は次の二つの疑問点について、特に熟考した。

一、なぜ入埜転子だけ死相が違っていたのか。

二、なぜ彼女の死相だけが今になって消えたのか。

夜半になって、俊一郎はひとつの結論に達した。そう考えれば二つの問題点も解決し、事件の真相も見えてくる。ただし、あくまでも推理に過ぎない。裏づけが必要である。

翌朝、俊一郎は祖母に電話した。

「祖母《ばあ》ちゃん、超特急で調べて欲しいことがある」

「朝っぱらから、いきなり何や」

「黒い女の正体が分かりそうなんだよ。でも、そのためにはあることを知りたい」

「あんたなぁ、この前のお祖母ちゃんとの話を忘れたんか」

「あの調査依頼は、すべて取り止めにするから」

「なんやて？」

「だから、もう調べなくていいよ。その代わり――」

「お前、そんな勝手なことが――」

「事件が終わったら、調査料はすぐ払う。それにこれから依頼することは、前に頼んだ調査の中にも、すでに普通に含まれている項目なんだ」

「ほうっ」

「他のことはいいから、このひとつだけを調べて欲しい。とても簡単なことだから」

「聞くだけ聞くから、言うてみ」

俊一郎が伝えると、祖母はあっさり承諾した。

「ただな、お祖母ちゃんも忙しいんや。そっちに連絡するんは、夕方になるで」

「分かった。それでいい」

「どうやら正念場らしいな。ええか、あんじょう気張るんやで」

最後に孫を気づかう言葉をかけ、祖母らしいところを見せたが、

「せやけど調査料の遅延は、もう絶対に認めへんからな」

と通話を終える前に念を押したのは、やっぱり祖母である。

「やれやれ……」

軽く溜息《ためいき》をついてから、今度は曲矢に電話をする。

「もしもし？」

「弦矢俊一郎です」

「へぇ、お前のような人嫌いでも、携帯は持ってるのか」

「田崎健太郎の司法解剖ですが――」

「相変わらず愛想のないヤツだな。おはようございます。今日も一日ご苦労様です――くらい言えよ」

「おはようございます。今日も一日、地味で暗くて辛《つら》い刑事のお仕事、ご苦労様です」

「てめぇ……」

「それで、田崎の――」

「結果が出るのは、今日の午後だ」

「教えてもらえますか」

「何が知りたい？」

「あいまいな死について、どういう結論が出たのか」

「——いいだろう。また電話しろ」

「はい。それと今日の夕方、月光荘に来て欲しいんですが」

「俺にか。いったい何のために？」

「もちろん、百怪倶楽部の連続死事件を解決するために——です」

二十一　真相

月光荘のホールの談話室に集まった人々を、弦矢俊一郎は一通り見回したあと、

「さて、みなさん——」

どことなく芝居がかった仕草で口を開いた。

それまでの取っつきにくい、ぶっきらぼうな態度に比べると、ずいぶんにこやかで人当たりの良い雰囲気が、今の彼からは感じられた。その変化が信じられないのか、曲矢などは意外なものでも目にしたように俊一郎を見つめ、「どこか悪いのか」とつぶやくほどである。

「いえ、ご心配なく。俺は大丈夫ですよ」

にっこり微笑んで俊一郎が答えると、とたんに刑事は身震いをし、たちまち気分を悪くしたように見えた。

入埜転子、今川姫、尾田間美穂、畑山佳人、そして寮監の五人は、席についてから黙ったままである。寮母は全員に冷えた麦茶を出すと、とても遠慮がちに一番端の椅子へと腰かけた。

みなが落ち着くのを待って、おもむろに俊一郎が、

「今から、百怪倶楽部で発生した連続死事件の謎を解きたいと思います」

曲矢をのぞく六人から、ざわざわっと声にならない反応が起こり、その場の雰囲気が一気にピンッと張り詰めた。

「こんな中途半端な時間になってしまったのは、あることを確認するために電話を待っていたからです」

祖母から連絡が入ったのは十五分ほど前、ちょうど俊一郎が夕食をとっていたときである。すでに曲矢は顔を見せていたため、全員が食事を終えてから、場所をホールへと移すことにした。

折しも夏の眩《まばゆ》いばかりの日差しが、赤茶けた逢魔《おうま》が時《とき》の残照となって窓から差しこみ、談話室を無気味に染めあげている。怪異な人死にの謎解きには打ってつけの舞台が、まさ

に整わんとしていた。

「その連絡は、先ほどありました。また田崎健太郎さんの司法解剖の結果も、すでに出ています」

みなの視線がいっせいに曲矢に集まったが、刑事は平然としたまま、相変わらず珍しいものでも見るように俊一郎を眺めている。

「刑事さんのいらっしゃる前で、こんなことを言うのはどうかと思いますが、警察が捜査に乗り出しさえすれば、この事件は遅かれ早かれ解決していたことは確かです」

そうなのか——という眼差《まなざ》しが、再び刑事に集中する。

「もっとも、沢中加夏さんと戸村茂さんの死に事件性を認めず、健太郎さんも自殺と判断されてしまった場合は、なかなか難しかったと思いますが——」

「田崎君は、結局どういうことだったんです？」

思わずといった感じで、美穂が口を開いた。

「刑事さん、ご説明を願えますか」

「ああ……」

馬鹿丁寧な俊一郎の物腰に、まだ曲矢は気を取られているらしい。だが、自分の役目を思い出したのか、わざとらしく咳《せき》払いをすると、

「被害者の首には、明らかに第三者によって絞められた痕《あと》が、微《かす》かにだが残っていた」

ホールに響くどよめきを抑えるように、曲矢は右手をあげながら、

「ただし首吊《つ》りそのものは、被害者が自らの意思で行なったものと思われる」

再びどよめきが起こる中、美穂が発言した。

「どういうことです？　その事実は、いったい何を意味するんです？」

「検死の結果から分かるのは、被害者は首を縊《くく》ったあとで、誰かに絞められたわけじゃなく、何者かに絞殺されかけたあと、自分で首を吊った――ということだ」

「そんな説明をされても、訳が分かりません」

「こっちも同じだ。おまけに被害者の胃から、大量の酒と共に睡眠薬も検出されているんだからな」

「それって――」

「謎解きについては、そちらの探偵さんにお訊《き》きいただけますかな」

曲矢が丁寧な口調で、しかしあくまでも皮肉っぽく俊一郎へ役目をふると、当人はにっこり笑いつつ、

「ありがとうございます」

礼儀正しく頭まで下げたため、もはや刑事は天を仰いでいる。

「ここで警察が、実際に動いたかどうかを話し合っても仕方ありませんので、このまま先に進みたいと思います」

「ああ、そうしてくれ」

すっかり調子を狂わされたらしい曲矢が、ぞんざいに合いの手を入れる。

「探偵事務所に、入埜さんと今川さんが見えられたとき――」

実は二人の死相には差異があった事実からはじめ、昨夜のうちに自分が辿《たど》った推理の過程を、まず俊一郎は説明した。

「そ、それじゃ今、私には……」

「ええ、死相は現れていません」

転子の問いに答えた俊一郎は、すかさず姫のほうを向くと、

「はっきり申し上げますが、あなたには、まだ出ているんです」

「そんなぁ……」

「姫ちゃん……」

「ちょっと――」

姫と転子と美穂が、いっせいに口を開いて抗議をはじめる中、俊一郎は三人をなだめるように、

「大丈夫です。もう解決のメドは立っていますから」

「本当だな？」

意外にも横から寮監が口を出した。

「みなさんに集まっていただいたのも、そのためですから」

答える俊一郎を疑わしそうに眺めていたが、一応は納得したのか、それ以上は突っこんでこなかった。

一方の女性三人は、思わぬ人物の台詞《せりふ》によって度肝を抜かれたのか、そのまま大人しく口をつぐんだ。

「で、異なる死相と消えた死相には、どんな意味があるんだ？」

何事もなかったように、曲矢が先をうながす。

「俺が視《み》ていない沢中さんと戸村さんも含め、田崎さんと今川さんの四人には、才子さんの念が憑《つ》いたのではないか——そう考えました」

先ほどの説明では、転子と姫に対して僕が示した反応については、なにぶん相手が猫のために伏せておいた。そう判断したのは、これまでの自分の経験に基づいて、ということにしてある。ここに僕がいれば、さぞ抗議の鳴き声をあげたに違いない。

「つまり死亡した三人は、祟《たた》り殺されたのだと？」

「問題はそこです。沢中さんは二日未明に、戸村さんは六日の未明に、田崎さんは九日の早朝に、それぞれ亡くなっています。もし祟りや呪いなのだとしたら、なぜもっと連続して起こらないのでしょう？　一日にひとりくらいの割合で——」

「物騒なことを言うが、まぁそうだな。それこそ一度にすませてしまえば、何の問題もないわけだ」

俊一郎よりも剣呑《けんのん》なことを、曲矢がさらっと口にした。

「すみません。表現が不適切でしたね」

しかし、みなの表情が強張《こわば》っているのに気づいた俊一郎は、すぐに謝った。それが曲矢には信じられないらしく、とても驚いた顔をしている。

「ということは、才子のせいではないの？」

美穂が質問した。

「死相の様相が黒いベールと黒い肌のうえに、姫さんには霊的な何かを感じたわけですから、才子さんの障りが出たのは確かだと思います。ただ問題は、それがたちどころに人の命を奪うほど強いものなのかどうか――ということです」

「でも、加夏は……」

「ええ、彼女は亡くなりました。けれど、それほど強い念であれば、もっと矢継ぎ早に残りの方々も亡くなったはずです。沢中さんは、むしろ例外だったのではないでしょうか」

「あんな環境に身を置いていたため、才子の障りが出ただけで、たまたまショック死してしまった。そういうこと？」

「確かめようはありませんが、おそらく――」

「そうなると戸村君と田崎君は？　それに点子ちゃんの死相は？」

美穂がたたみかけてくる。

「ここで整理すると、死相に現れた黒い肌が、才子さんの障りと見なせます。では、黒いベールは何でしょう？　霊的なものは何も感じられず、転子さんにはこれだけが視えていた。この黒いベールの正体については、いったいどう考えれば良いのか」

「それは何なの？」

「どう考えたんだ？」

美穂と曲矢が、ほとんど同時に尋ねた。

「人間の殺意です」

「何だって！」

思わず曲矢が身を乗り出す。

「才子さんの遺族の、復讐《ふくしゅう》の心です」

唖然《あぜん》とする全員の顔を見回しつつ、俊一郎は話を続けた。

「彼女の母親は大学に来て、納得したかどうかは分かりませんが、一応の説明は受けています。しかし尾田間さんによると、離婚した父親のほうは、母親に手紙で知らされただけらしいのです」

「おいおい、まさか――」

慌てはじめる曲矢に、俊一郎は軽くうなずくと、

「これも尾田間さんからですが、父親の姓は、母親の田士という名字に似たところがあったような……記憶があるとお聞きしました」

「田士と似た名字？」

「そう、たとえば佐渡とかでしょうか」

みなの視線が一瞬にして、すべて寮監のほうへと向いた。

「か、彼が……才子のお父さん？」

そう言ったきり美穂は絶句し、驚愕《きょうがく》のあまり姫は声も出ないように見えた。才子を知らない転子でさえ、意外な暴露に目を見張るばかりだった。

ところが——

「いえ、違います」

あっさり俊一郎が否定した。

「ち、ち、違うって——たった今、探偵さんが……」

「ちらっと、そう考えたときもありました。しかし去年の三月までは、島原という夫婦が寮監と寮母をなさってたんですよね。つまり佐渡さんは、才子さんが亡くなったとき、すでに寮監の勤めについていたことになる。つまり彼女の死に入埜さんが無関係だった事実を知っていたはずで、殺意を覚えるわけがない」

「あ、当たり前だ！」

そこで、ようやく声が出たとでもいうように、寮監が口を開いた。

「そもそも俺は結婚したことも、ガキを作ったことも、い、一度もねぇぞ！」

「失礼しました」

にっこり微笑んで俊一郎が謝ると、それどころじゃないとばかりに美穂が、

「けど探偵さん、遺族の復讐だとすると、どうして今ごろになって——という問題が出てくることに、あなたも気づいてたんじゃないの？」

「はい、そうです」

「それに暗闇の地下室を自由自在に動けることから、相手が人ではないと判断したんじゃなかった？」

「その件もありましたね」

「どういうことだ？　田土の遺族は関係あるのかないのか、はっきりしろ」

「あります」

曲矢の問いかけに、俊一郎はきっぱり答えた。

「田土という名字に似た父親の姓を持ち、つい最近まで才子さんの死の状況について詳細を知らず、分かったとたん復讐を決意するほど彼女想いであり、入埜さんが一年生のときから城北大学に入学して百怪倶楽部に入部していたと勘違いをし、暗闇の中でも動けた人物——それが今回の犯人であり、黒い女の正体です」

「誰だ?」

「畑山佳人君、あなたですね」

彼が談話室にいたことさえ、他の者は失念していたようだった。そのため俊一郎が名前を口にしたとき、全員がいっせいに息を飲み、誰もが驚きをあらわにした。

「う、嘘や……。なんで彼が――」

弱々しく姫がつぶやき、次いで何か言いかけたが、

「あっ!」

突然、大声をあげた美穂が勢いこんだ口調で、

「畑山――思い出した。田と畑が似ているって感じたら、土と山も同じようなものかって、そう考えたことを」

「本当なんですか、美穂先輩?」

今にも泣き出しそうな顔の姫に、辛《つら》そうな表情で美穂がうなずく。

「彼は、才子さんの双児《ふたご》の兄なんです。ただし二卵性の双生児だったため、容姿は似ていない」

俊一郎が二人の関係を説明すると、

「名字の一致だけで、決めつけたわけじゃないよな?」

曲矢が疑わしそうに確認してきた。

「他にも一致するものがあるのですが――。最初に妙だなと思ったのは、田崎さんと一緒にお会いしたときです」

「うちが紹介した、あのとき？」

「男性二人に死相が視《み》えるかどうか、今川さんは気にしました。田崎さんは、自分には死相が出ているに違いないと、はじめから覚悟していた節がありました。沢中さんと戸村さんの不可解な死、黒い女の出現などから、彼なりに考えた結果だと思います」

「そうかもしれへん……」

「ところが、いっこうに畑山さんは気にする様子がない。百怪倶楽部のメンバーではないため、という理由はありますが、幽霊部員として関わっていたわけですから、普通なら少しは気になるはずです」

「…………」

　姫が黙ってしまった。

「あのとき彼が反応したのは、俺が口にした焦眉之急《しょうびのきゅう》や安寧秩序という、なぜか四字熟語っぽい言葉に対してだった」

「どうして？」

　訳が分からないとばかりに美穂が質問する。

「四字熟語に詳しい探偵に気づかれるのではないか、と心配したからです」

る事実にです」

「田土才子さんと、畑山佳人君の下の名前を合わせると、才子佳人《さいしかじん》という四字熟語ができる事実にです」

「あ……」

「これは、才知のすぐれた男と美人のほまれが高い女を意味する言葉で、きっとそんな願いをこめてご両親が名づけられたんでしょう」

「佳人君が、才子の双児のお兄さん……」

つぶやくような姫の囁《ささや》きだったが、急にはっきりとした声で、

「それじゃ最初から、うちらに復讐しよう思うて――」

「どうでしょう？　ただ、妹がどういう状況で死んだのか、それを探る目的で城北大学に入学したのは間違いないと思います」

「どうしてそう言える？」

曲矢の突っこみが入った。

「みなさんのお話を聞いているうちに、失礼ながら城北大学でエリート学部と呼べるのは、建築学部だけらしいと分かりました。入埜さんは文学部に編入されたとき、変わり者と見られるのではないかと心配したそうです。なのに畑山さんは、わざわざ一浪してまで経済学部に入っています」

「調べれば分かることですが、ひょっとすると彼は現役で合格していた大学を辞めて、城北大学を受け直したのかもしれません」

「なるほど」

「で、百怪倶楽部の動向を探ったのか。なら、どうして入部しなかったんだ?」

「彼も色々と考えたんだと思います。その結果、つかず離れずの状態が良いと判断した。実際、彼は倶楽部の幽霊部員として、つねに絶妙の位置にいたと言えますから」

「確かにそうね」

美穂が相槌《あいづち》を打った。

「そんなとき、彼は四隅の間の儀式を知ります。おそらく百怪倶楽部の活動が、この談話室で行なわれるたびに、彼は他の談話室に潜んで聞き耳を立てていたんだと思います。もし仮に見つかっても、いつも倶楽部の周辺に姿を見せていたので、特に不審がられることもないと計算していたのかもしれません」

そう言って俊一郎が佳人のほうを見ると、こっくりと彼が首を縦にふったので、姫だけでなく転子と美穂からも、ハッと息を飲む気配がした。

そのまま彼が話し出すのではないかと、しばらく俊一郎は待ってみた。だが、視線を落として黙ったままである。

「四隅の間の儀式を知った彼は、それを利用しようと考えます」

再び俊一郎が話し出すと、すかさず美穂が、

「何をどう利用したの？」

「儀式の最後に唱える願い事――、それを彼自身が口にして、百怪倶楽部のメンバーの反応を見ようとしたのです」

「田土才子の怨《うら》みを晴らして下さい……という願いで？」

そう美穂が言ったとたん、転子が驚いた声音で、

「ま、まさか……、あの六人目って……」

「ええ、畑山佳人君でした」

「でも、地下室の暗闇の中では人間は動けないって、探偵さんも言ってたじゃない」

美穂が納得できないとばかりに反論する。

「いえ、彼だけは動けたんです」

「どういうこと？　いったいどうやって――」

「彼が勧誘を受け出入りしていた組織には、探偵小説研究会、性風俗同好会、特殊美術造形集団などがあるそうですが、本物の手榴弾《しゅりゅうだん》や昔の軍用拳銃《けんじゅう》を隠し持っていると危険視されるミリタリー・クラブも、そこに含まれます。このクラブなら、きっと暗視スコープくらいあるでしょう」

「えっ……」

「しかも四隅の間の儀式の当日、彼はミリタリー・クラブの備品の手入れをする約束があった、と口にしています」

「そう言えば、そんなことを……」

「儀式の詳細は、戸村さんの説明で分かっている。不明な点があれば、いくらでも部長に訊《き》くことが、彼なら自然にできた。その日、彼は部員のあとから地下室に降りると、頃合いを見計らって部屋に入ります。廊下も室内も真っ暗なため、扉を開いても気づかれる心配はない。しかも、扉は外開きです。つまり開けるときに、四隅を回っている誰かに当たる危険はないわけです。そのうえ、あの扉は開閉しても物音がしません」

しきりに転子はうなずいていたが、

「入埜さんは室内で、二度ほど空気の揺らぎを感じています。その一度目に彼は入室し、二度目に退出したのでしょう」

そう俊一郎に指摘され、「あっ」という表情を浮かべた。

「他にも地下室に、第三者が出入りした痕跡《こんせき》はありました」

「何ですか」

「あなたが最初に地下室へと降りたとき、線香の匂いがしたといいます。これは彼が妹のために、秘《ひそ》かに供養をしていたからでしょう」

「あの線香に、そんな意味が……」

「儀式をはじめる前、地下室で全員が裸足《はだし》になったとき、廊下にサンダルを置いたんですよね」

「ええ」

「その役目をしたのは、田崎さんだった？」

「はい」

「彼は真面目で、几帳面《きちようめん》な性格だった？」

「そうです」

「つまり彼なら、ちゃんとサンダルを並べて、廊下に置いたに違いありません。ところが、あなたが救急車を呼びにホールへ上がったとき、ちぐはぐにサンダルをはいていた」

「あっ……」

「廊下は暗かったが、そのとき室内には明かりが点《とも》っていた。それが廊下にも漏れていたはずです。だから入埜さんも無意識に、ちらっとでしょうが自分のサンダルを認めた。しかし、それは片方だけだった。なぜなら忍びこむ前に、室内の様子に神経を集中していた畑山さんが、うっかり踏みつけて乱したため、急いでそろえ直したものの、あなたと沢中さんのサンダルを間違えてしまったからです」

「それで……」

「誰にも気づかれずに、儀式が行なわれていた部屋に侵入した彼には、暗闇の中の五人の動きがすべて見えていた。だから自由に行動することができ、六人目を演じるのも簡単だった。あなたが沢中さんだと思って触ったら、衣服の感じが違っていたのも、実際は彼だったからです」

そのときの感触を思い出したのか、転子は身震いしている。

「真っ暗な中でも目が見えたからこそ、例の台詞《せりふ》を口にしたあとの、全員の反応を確かめることも可能だった。そうそう、実は――」

自分が地下室に降りたときの体験を、ここで俊一郎ははじめて語った。

「なかなか楽しそうな目に、お前も遭ってるんだな」

曲矢がニヤニヤと笑いながら、本当にうれしそうに反応した。

「きっと彼は、妙な探偵が乗りこんで来ると聞き、手っ取り早く邪魔者を追っ払おうとしたんでしょう。遅かれ早かれ地下室を調べることは、充分に予想がつく。あとは暗闇の中で、さも最初の部屋から誰かが出て来て、再び戻って行ったという演出をし、目障りな探偵を脅すだけです」

「その役目、ぜひ俺がやりたかったな」

「機会があれば、いつでもどうぞ」

にこやかに俊一郎は応じると、

「俺がホールに上がったとき、ちょうど買い物から戻って来たところだと、彼はユニクロの袋を持っていました。あの中に暗視スコープが入っていたんでしょう。本当は地下室から出て男子寮に行こうとしたのに、向こうから田崎さんが来るのを目にして、とっさに女性二人に合流したのだと、俺はにらんでいますけど」

「ねぇ、畑山君が四隅の間の儀式を利用しようとしたとき――」

とても真剣な口調で、美穂が口をはさんだ。

「加夏をショック死させる気が、そもそもあったの？」

「そのときは、なかったと思います。あくまでも様子を見ること、百怪倶楽部内に波紋を起こすこと、それが目的だった。第一そんなことを意図しても、そう上手《うま》くショック死させることなど無理です」

「そうよね」

「その証拠に、沢中さんが倒れたにもかかわらず、幽霊が出たとか悪魔を呼び出したんだとか、みなを煽《あお》るような台詞を彼は口にしている」

「反応を確かめたかったのか」

「このとき彼は、誰よりも後に姿を現しています。良く言えば好奇心旺盛《おうせい》で、悪く言えば野次馬根性が盛んなため、色々な場に顔を出す癖があったという彼にしては、少し妙ではないですか」

「それまで陰でみなの様子をうかがい、そのうえで出て行くと、さらに百怪倶楽部のメンバーを挑発したわけね」

「ですから沢中さんが死亡したと知らされ、誰よりも落ちこんだのは彼だった。妹の死を調べようとした結果、自分のせいで人が死んでしまったわけですから。入埜さんが言っています。二、三日ほど彼に元気がなかったと」

「私にも、そう見えていたわ」

「ところが、この沢中さんの死が切っかけとなり、彼は妹の死の真相を知ることになるのです。だから、そのあとは元気を取り戻したように映った」

「あのとき……」

転子が姫と顔を見合わせた。

「ええ。四隅の間の儀式で沢中さんが亡くなった二日後、このホールの談話室で、戸村さんと田崎さんは才子さんの死について、入埜さんに打ち明けました。そのとき彼は、いつものように他の談話室に隠れて聞いていた」

「そんなにタイミング良く盗み聞きができたのは――」

曲矢が口をはさんだ。

「沢中の死後、百怪倶楽部のメンバーの様子が、特に戸村や田崎がおかしいことに、畑山が気づいていたからじゃないのか」

「きっとそうだと思います。ただし、彼が談話室に現れたのは途中からだった。そのため百物語の会に関する話が、それに参加していなかった入埜さんに対する説明だという事実に、まったく気づかなかった」

「だから彼女に対しても、妹を見殺しにした百怪倶楽部の一員として、他のメンバーと同じように殺意を覚えたのか」

「はい。でも才子さんの念だけは、彼女が無関係だと知っていた。だから彼女にだけ憑かなかった——というのが俺の解釈です」

「うーん……。その手の話を認めるかどうか、警察としては——」

曲矢が渋い顔をしていると、俊一郎があっさり、

「認めざるを得ないと思いますよ」

「どうして？」

「戸村さんが転落死したとき、現場で二人の黒い女が目撃されているからです」

「じ、じゃ二人のうちひとりは……」

「才子さんと考えるしかありません」

「戸村を突き落としたのは、どっちだ？」

「畑山さんだと思います。才子さんの念には、そこまでの力がなかったのではないか。百怪倶楽部の部員に憑いたものの、彼女だけでは死相が現れていなかった。彼に殺意が芽生えてはじめて、全員に死相が出たのかもしれない」

「人間の殺意が主で、亡霊の怨念《おんねん》は従ってことか」

「はい。もしかすると才子さんは、兄の犯行の手助けをしていたレベルだったかも……」

「なんとまぁ――」

曲矢が感心したような、呆《あき》れたような反応を示した。

「畑山君は妹の復讐《ふくしゅう》のために、黒い女に変装して犯行を重ねていたってこと？」

そう美穂が訊《き》くと、横から姫が、

「けど黒い女は、鍵《かぎ》のかかった扉を開けたり閉めたり、どこにも逃げられん女子寮から消えたりしてるんですよ。あれはやっぱり……」

「才子さんかもしれませんが、彼にも可能だったと思います」

「まさか……」

「亡くなった息子と彼を重ねているため、寮母さんが何かと世話を焼こうとしている。そう今川さんが分析したと、入埜さんから聞きました」

「えっ……あっ、そうやね」

「つまり彼には、寮母さんの隙を見て鍵を盗み出し、合鍵を作って戻しておく機会があったことになる」

「女子寮から消えたんは？」

「俺が追いかけて来たのに気づき、男子寮へと戻ったから」

「だって、せやったら寮母さんに見つかる……」

「うん。おそらく見つかったんだと思う。ところが、とっさに寮母さんは、彼をかばってしまった」

みなが彼女を見ると、うつむいたまま「すいません、すいません」と繰り返し頭を下げている。

「もちろん寮母さんは、彼が殺人に手を染めているとは考えてもいなかった。ただ、地下室で線香をあげていたことは、早くから知っていたのかもしれない。寮母さん自身、沢中さんの死後、自殺した女性の分まで線香をあげてましたからね。そこで何か事情があると察した。そのため、つい彼の味方をしてしまった」

「貴子さん……」

姫の呼びかけに非難の色はなく、ひたすら同情しているように聞こえた。

「ちなみに彼が妹の格好をして、真夜中に地下室に降りていたのは、供養のためか、復讐を誓ってか、または犯行の報告か、あるいは人知を超えた力を借りようとしてか——と色々な可能性が考えられますが、きっと彼なりの理由があったんだと思います」

「その点は、あとで本人から確認を取るとして——」

曲矢が話を先に進めようとした。

「で、田崎の首吊《つ》りはどういうことだ？」

「彼は田崎さんと一緒に、酒を飲んでいました。そのとき隙を見て、睡眠薬を酒に混ぜたのだと思います。夜中に再び訪問し、田崎さんの首を吊るために」

「しかし被害者は熟睡しておらず、抵抗したため首を絞めたのか」

「おそらく――」

「そこまでは分かる。だが、そのあと田崎は、なぜ自ら首を縊《くく》ったんだ？」

「田崎さんは才子さんの死について、とても罪悪感を抱いていたようです。にもかかわらず同じような状況で、今度は沢中さんが亡くなる。続いて黒い女を目撃し、戸村さんも死んでしまう。精神的に、かなりまいっていたと考えられます」

「うん、間違いないと思う」

美穂が俊一郎の分析に賛同すると、転子と姫もうなずいた。

「俺と最初に会ったときも、田崎さんのほうから、自分には死相が視《み》えるのだろうと言ってきたくらいです」

「そうとう追い詰められていたのね」

「そんなとき黒い女が自分のところに現れ、首を吊らそうとした。とっさに抵抗したものの、自分が殺されるのも仕方ないか……と受け入れ、発作的に自殺した。または才子さんが、そういうふうに仕向けたとも――」

「最後の戯言《たわごと》は置くとして、それまでの解釈はいけるな」

「つまり自殺だった……?」

　美穂の問いかけを、俊一郎は肯定しながらも、

「とはいえ彼の働きかけがなければ、田崎さんも首は吊らなかったでしょう。そのあとで自殺していたかどうかは、ちょっと判断が難しいですが――」

「そうよね……」

「この数日、入埜さんと今川さんは一緒に寝ていました。俺が来てからは、二人の護衛のようなこともしました。結局、狙えるのは田崎さんしかいなかったわけです」

「あのう……」

　そこで転子が遠慮がちに声をあげると、俊一郎はにこっと笑いつつ、

「なぜあなたの死相が消えたのか――ですよね」

「は、はい」

「田崎さんが亡くなっているのを確認したあと、俺は食堂に戻りました。それから曲矢刑事に事情聴取を受け――」

「情報収集の間違いだろ」

　すかさず本人から突っこみが入ったが、俊一郎は聞こえなかったふりをして、

「そのあと再び食堂に戻ったときです。才子さんが亡くなった一年前には、まだ入埜さんは城北大学に入学していなかったのだから、彼女が巻きこまれるのはおかしい――という

趣旨の発言を今川さんがしていました」

「うん、せやった」

姫が認める横で、転子もうなずいている。

「あの場には、畑山さんもいました」

「確かに……」

「あの瞬間、彼は思い違いをしていたことに気づいた。入埜さんが復讐の対象者ではなかったと、ようやく知ったわけです。だから彼女に覚えていた殺意もなくなり、そのため死相も消えてしまった」

「なるほど」

姫だけでなく、転子も美穂も合点がいったようである。

俊一郎が口を閉じると、その場が急にしーんとした。ざわついていた気配が退《しりぞ》き、寂とした間が訪れた。しかし、そこには何とも言えぬほど緊張した雰囲気があった。

「いずれにしろ」

曲矢が沈黙を破ると、

「戸村殺しの罪は免《まぬが》れない。田崎の件についても、殺人未遂が適用される可能性は充分にある」

ひたと佳人を見つめながら立ち上がった。

そのとき、いきなり壁側の衝立《ついたて》が動き、隙間から黒い女が談話室に飛びこんで来た。右手に刃物をふり上げながら――。

二十二　黒ベールをはぐ

瞬時に全員が凍りついた。それぞれの顔に、驚愕《きょうがく》、恐怖、戦慄《せんりつ》が浮かんでいる。みなが一切の身動きを止めてしまった中、黒い女は刃物を上段に構えたまま、一直線に今川姫へと進んで行く。

彼女の悲鳴とも叫びとも分からぬ絶叫が、薄暗いホールに谺《こだま》する。

その場で聞こえるのは、姫があげる断末魔のような大声と、黒い女が駆ける確かな足音のみ……。

黒い女が走って来る。姫へと迫る。彼女の横にいる転子にも、禍々《まがまが》しいまでの相手の気《き》魄《はく》が伝わってくる。

「いやぁぁぁっ！」

ひときわ凄《すご》い悲鳴を姫が迸《ほとばし》らせた瞬間、黒い女が刃物を彼女へとふり下ろした。

その刹那《せつな》、二人の間に俊一郎がするっと身体を入れた。かと思う間もなく、刃物を持つ黒い女の片手を押さえてねじると同時に、足払いをかけて床の上に倒し、完全に動きを封じてしまった。

「曲矢さん！」

俊一郎が叫ぶよりも早く、畑山佳人が動いた。

「クソッ！」

ようやく察した曲矢が、慌てて駆け出す。

二人の男が向かう先には、俊一郎が黒い女の片手から落とした刃物が、そのまま床の上をすべって転がっていた。

転子が姫の腕を取って、素早く談話室から連れ出す。

「姫ちゃん、こっち」

だが、刃物をひろい上げた佳人が、すぐに二人を追いかけた。そんな彼に対して、果敢にも曲矢がタックルを試みる。

床の上で二人が揉《も》み合う。やがて曲矢が刃物を持った腕を取ってねじり上げると、佳人をうつぶせに床へと組み伏せて、呆気《あっけ》なく決着がついた。

それを確かめてから俊一郎は、黒い女のベールに手をかけつつ、

「やっぱり、あなたが真犯人だったんですね」

黒いベールの下から現れたのは、寮母の顔だった。

「嘘……」

「まさか……」

「そんな……」

姫、美穂、転子の三人が、いっせいに口を開いた。それは黒い女の正体に驚愕すると共に、知らぬ間に寮母の姿が見えなくなっていたことに、遅まきながら気づいたせいでもあるようだった。

「さぁ、立てますか」

俊一郎は信じられないほど優しく声をかけると、寮母を抱えるようにして立ち上がらせ、すぐ側の椅子に腰かけさせた。

「この方が、才子さんと佳人君の双児《ふたご》のお母さんです」

「えっ……」

小さく叫んだのは姫だったが、絶句したのは転子も美穂も同じである。

「戸村さんをはじめ、百怪倶楽部のメンバーは誰も会ったことがなかった。いや、それを言うなら大学の関係者以外は――と言うべきかな」

「せ、せやけど――」

ようやく姫が口を開く。

「名前が……名字がまったく違うやん。田土ではないし畑山とも違うし、貴子さんの姓は里美なんよ」

「いえ、彼女の氏名は〈里美貴子〉ではなく、〈田土美貴子《みきこ》〉なんです」

俊一郎が漢字の説明をすると、三人からどよめきが起こった。

曲矢は荒っぽく佳人を立たせると、寮母からは離して椅子に座らせながら、説明を続けろとばかりに目配せした。

「問題は、寮の部屋の名札にありました。〈今川　姫〉を〈今　川姫〉と見えるように書き、〈入埜転子〉を〈入林土転子〉と読めるように記した寮監さんが、〈田土〉という二文字の姓を〈里〉という一文字の名字に変えた。もちろん意図的にではありません。ただ、ほとんどの人には、そう映ってしまったわけです」

「それって、うちが……」

思わず姫がつぶやく。

「ええ、まず今川さんが、名札を里美と読んでしまった。その勘違いに、最初は寮母さんも戸惑ったと思います。でも、そのままにしたのは、才子さんと同姓であることを隠せるものなら、それに越したことはないと考えたからでしょう」

「まさか彼女は、最初から復讐《ふくしゅう》のために……」

言いよどむ美穂に対し、俊一郎は首をふりつつ、

「佳人君と同様、彼女も才子さんの死の真相は知らなかったはずです。月光荘の寮母という職に就いたのは、娘が暮らしていた場所で働きたい、そんな想いからではないでしょうか。大学に対して自分の正体を隠すなど、そもそも無理ですし、そんなことをすれば寮母の職を得ることもできなかったはずです」

「大学側は、才子のお母さんと分かったうえで、きっと採用したのね」

「おそらく――。罪滅ぼしのつもりだったのか、不採用にして騒がれたら困ると気を回したのか――」

「その両方よ。しかも採用したあとは、何の管理も指導もせずに放っておいた。半分つぶれたような月光荘の寮母だから、まぁいいかって思ったに違いないわ」

「寮監さんは、彼女の名字が田土だと分かっていた。才子さんの母親であることも、もしかすると知っていたのかもしれない。しかし彼は、あまり学生と交流がありませんし、普段から無口だった」

「変人からばれる気づかいは、まずなかったわけね」

美穂に変人呼ばわりされ、寮監がギロッと彼女をにらんだ。だが当人は無視したまま、何やら考えこんでいる。

「でも、ちょっとおかしくない？」

ふに落ちない顔で俊一郎を見ると、

「〈今川　姫〉を〈今　川姫〉と、〈入埜〉を〈入林土〉と書くのって、つまり文字の間を妙な具合に開けてしまった結果でしょ？　こういう書き方って個人の癖だから、そんなに変わるものではないはず。けど、〈田土〉を〈里〉と記すのは、逆に文字の間をせばめたことになる。なぜ急に、彼の悪筆の癖が変わったの？」

「今川さんが、彼に注意したからです」

「えっ？」

姫が驚いたような声をあげた。

「自分だけでなく、入埜さんの名札も妙な具合に書かれたため、彼女は寮監さんに抗議をしました」

「確かに、しましたけど……」

「反省した彼は、間延びしていた文字の間を、今度は逆に詰めるようになった」

「そんな……うちが言うただけで？」

「彼は、あなたに気があるらしい——と入埜さんから聞きました。だから、あなたの抗議を受け止め、その反対のことをしたわけです」

ショックのあまり姫は言葉も出ないのか、のけぞったまま転子にすがりついた。一方の寮監は強面《こわもて》の顔に似合わず、恥ずかしそうに頭《こうべ》を垂れてしまった。その姿を見た姫が、ますます転子にしがみつき出した。

そんな二人を美穂は交互に、しばらく興味深そうに眺めていたが、今はそれどころではないと気づいたのか、

「寮母さんと佳人君は、いわゆる共犯なの？」

「いえ、おそらく違うと思います。むしろ二人は月光荘で顔を合わせて、とても驚いたのではないでしょうか」

俊一郎は寮母を見たが、うつむいたまま顔をあげない。佳人はうなだれていたが、小さく二度ばかり首を縦にふった。

「ただし、二人の目的は違っていた。佳人君は、百怪倶楽部を探るつもりだと打ち明けさえしなかった、心配をかけまいと黙っていたのでは、と俺は思います。ところが、沢中さんが死亡したことにより、はからずも才子さんの死の真相が判明した」

「寮母さんも、その話を聞いてしまったのね」

「学生の面倒を見るのが好きで、百怪倶楽部の活動にもお茶を出していたそうですから、たまたま談話室から聞こえてきた話を耳にしても、不思議ではありません」

「それで復讐を……」

「一方の佳人君は、部員たちの罪の意識に訴えようとした。だから妹の衣服を着て、その姿をちらつかせた」

姫が何とも言えぬ表情で、佳人のほうを見つめている。

「佳人君は五日の夜、戸村さんのあとを尾《つ》けたのだと思います。しかし歩道橋の上で、寮母さんが彼を突き落とすところを見てしまった」

「おい、それじゃ目撃された黒い女のひとりは……」

「現場と逆の階段の上にいたのは、彼だったんです」

曲矢の問いかけに俊一郎が答えると、

「妹だと思いました」

佳人がぽつりと漏らした。

「何がだ？」

「反対側の階段の上にいたのが……」

「なんだって？」

「黒い服を着て妹と化しているとき、なんとなく彼女の存在は感じていました。自分を見守っているというか、手助けしてくれているような……」

曲矢が処置なしという顔をしている。俊一郎は佳人の言葉を否定も肯定もしないまま、説明を続けた。

「歩道橋の上に現れた以外の黒い女は、果たして二人のどちらだったのか、正直よく分かりません」

「そういう細かいことは、あとでいい」

「ただ女子寮で消えたのは、佳人君ではなく寮母さんと考えるべきでしょう。ひょっとすると今川さんの部屋を覗《のぞ》いたのも——」

「そのほうが説明は簡単だな。鍵《かぎ》を管理しているのは寮母のうえ、女子寮で消えるのも単に自分の部屋に戻ればすむんだから」

「あのとき部屋を訪ねると、寮母さんは出て来るまで少し時間がかかりました」

「黒い衣服を着替えていたからか。しかし時刻が遅かったからな。それを不審に感じるのは、ベテランの刑事でも無理だよ」

珍しく曲矢が、なぐさめるような台詞《せりふ》を口にした。だが、俊一郎は首をふると、

「私も八月は夏休みで、本を読んで夜更かしをしている——と、寮母さんは言っていたらしい。それが本当なら、すぐに顔を見せないのはおかしい。つまり、この話を入埜さんからもっと早く俺が聞き出していれば、田崎さんの死は防げたのかもしれない」

「おいおい、そりゃ無理ってもんだ」

曲矢は即座に否定したが、すぐ別の問題点を指摘した。

「二人は共犯関係にないって言ったが、酒に睡眠薬を混ぜて田崎に飲ませたのは息子のほうだろ」

「いえ、寮母さんです」

「どうやって？　彼女には不可能じゃないか」

「夜食に入れたんです」

「なんだって？」

「戸村さんと外出したとき、飲んで帰って来た田崎さんは、寮母さんに夜食を頼んでいます。彼は昨夜、あまり夕食を食べなかった。だから飲みはじめて、畑山さんと風呂《ふろ》に入ったあと、ラーメンを食べたくなった。しかし止められてしまった。でも、どうしてもお腹が空《す》き、またしても寮母さんに夜食をお願いした。この機会を彼女は利用したわけです」

「ほうっ」

「尾田間さんへの返信に、才子さんのお母さんは不眠に苦しんでいるとあったそうですから、そのとき医者から処方された睡眠薬が残っていたんでしょう」

「なるほど……。まぁいい。最初から共犯関係にあったのか、それとも事後共犯だったのか、まったくの単独犯か、それは取り調べではっきりさせる」

そう言うと曲矢は携帯を取り出し、三人の警官を呼びつけた。それぞれ男女の寮の出入口を見張らせていた二人と、ホールの表に待機させていたひとりである。事前に俊一郎が、逃げ出す者があれば捕まえて下さいと頼んでおいたからだ。

田土美貴子と畑山佳人をパトカーに乗せると、曲矢は月光荘の門柱の側まで、俊一郎を引っ張って行った。

「なんですか」

「お前、あの息子が犯人だって指摘したとき、すでに真犯人は寮母だって分かってたんだろ？」

「もちろん」

「も、もちろん？　あのなぁ……、だったら最初から、俺にもそう言っとけよ」

「言いましたよ」

「嘘つけ。そんなこと一言も——」

「犯人を指摘しますが、それは囮《おとり》だって、前もって密かに伝えたはずです」

「まぁそうだが……。お前の推理が的を射てるんで、つい畑山が本当の犯人だと思っちまったじゃないか」

「それは、どうも」

「だから、真犯人は母親のほうだって教えておけよ」

「以後、気をつけます」

「お前、なんか急に無愛想になったな。元に戻ったというか」

曲矢は不審そうに俊一郎を見つめていたが、軽く溜息《ためいき》をつくと、

「要はあれか、彼女が犯人だと見当はつけたものの証拠がない。逆に息子には色々と突っこみどころがある。それで彼のほうを追及して、母親を自白させようとした。違うか」

「その通りです」

「しかし計算ミスだったな。まさか彼女が今川を襲うとは、お前、考えてなかったんだろ。もう少しで取り返しのつかない事態を招くところじゃないか」

「すみません」

「いいか、こういうことは警察に——」

「反省しています」

「まったく——」

まだ何か曲矢は言いたそうにしていたが、呼び出しがあれば警察署に来るように、とだけ口にしてパトカーに乗りこんだ。

すっかり日の暮れた夜の闇の中へ、母親と息子を乗せたパトカーは消えて行った。そのサイレンと尾灯の明かりが完全に見えなくなるまで、じっと静かに佇《たたず》んだまま俊一郎は見送り続けた。

寮に戻ろうとして、転子と姫と美穂、そして寮監までがホールの玄関に出て、彼とまったく同じ方向を見つめていたことに気づいた。

その夜、俊一郎は女子寮に泊まった。姫の死相は消えていたため、才子の念そのものは強くないのでは……という彼の解釈は正しかったことになる。ただし、まだ才子が彷徨《ほうこう》しているのであれば、何とかして欲しいと女性三人に頼まれた。

「俺は、拝み屋でも祓《はら》い屋でもない」

そう断わったのだが、どうしてもと押し切られた。

翌朝、五人で地下室を簡単に掃除したあと、祖母に教わった祓いの儀を俊一郎は執り行なった。これで解決するのかどうか、正直なところ自分でも不安だった。彼の仕事は死相の現れている依頼人の命を救うことである。それ以上の問題は手に負えない、というのが偽らざる気持ちである。

それでも転子たちとの別れ際に、

「まだ何か怪異が起こるようだったら、連絡して下さい。そのときは、しかるべき人を紹介しますので」

そんな台詞が口をついて出たのは、世の中に出れば自分の役目や領分ではないからといって、何もしなくて良いとは限らない、という現実を彼が学んだからだろうか。

終章

ほぼ三日ぶりに俊一郎が探偵事務所に帰ると、来客用のソファの上にでんと座った、ぶくぶくに太って愛想のない顔つきをした三毛猫に、いきなり出迎えられた。

「な、な、なんだお前？」

ぶくぶく猫は侵入者をとがめるような眼差《まなざ》しで、じーっと彼を見つめると、大きなあくびをひとつして、興味なさそうにそっぽを向いた。

「おい！　僕！」

机のほうから鳴き声が聞こえた。見ると、パソコンのディスプレイとキーボードの間に僕が寝ている。

「机に上がるなって言っただろ——って、それどころじゃない。なんなんだ、このデブ猫は？」

にゃーにゃーと僕が答える。

「お前の友だち？　三日前からここにいる！　冗談じゃないぞ」

それから約一時間もかかって、ぶくぶく猫をようやく事務所から追い出した。それだけで俊一郎は、もう疲れ果ててしまった。

「——ったく、それにしてもあのデブ猫、いったいどこから入ったんだ。僕のために開けておいたキッチンの窓の隙間じゃ、せまくて無理だろうし……」

ぐったりとソファに腰かけていると、事務所の電話が鳴った。

「まずい……。きっと祖母《ばあ》ちゃんだ」

彼が急ぎで依頼したのは、畑山佳人の母親の名前について、それだけである。しかし、あのときは勢いで、事件が終わったら調査料はすぐ払う――と、つい口走っている。祖母がそれを忘れるはずがない。

俊一郎は机の椅子に座ると、受話器を取り上げた。

「もしもし、無事に事件を解決さしたようやな」

「うにゃー」

「うん？　おっ、僕かいな」

「みゃうみゃう」

「元気にしてるんか」

「にゃーにゃーにゃーにゃー」

「ほうっ、友だちができたんか。そりゃ良かったなぁ」

「にゃーにゃー」

「ああ、わたしゃも元気やで――って、いつまで僕に相手をさせとく気ぃや」

「いや、僕が祖母ちゃんと話したいって言うから……」

「ほうっ」

「もう事件の結末は、とっくに知ってるんだろ」

「寮母のお母さんも犯人とはいえ、ちょっと気の毒やな」

「それについては、今川姫が証言するって――」

「何をや？」

「田土才子が死亡したとき、百怪倶楽部のメンバーが、どう対応したかってことをさ。特に戸村茂と沢中加夏のことだな」

「死者に鞭打《むちう》つようやけど、そのへんの事情は明らかにせんとな」

「そうしないと、田崎健太郎も浮かばれないよ」

「せやなぁ……。ところであんた、相変わらず他人様《ひとさま》を呼び捨てにしてるんか。そんなことではいかんと、前からお祖母ちゃんが――」

「他の人と話すときは、ちゃんと〈さん〉をつけてるよ」

「当たり前や」

「それよりも祖母ちゃん――」

月光荘のホールの地下室で執り行なった、祓いの儀について俊一郎は報告した。

「せやなぁ。お母さんと息子さんに、才子さんの念が憑《つ》いてたんは間違いないやろ。それに沢中さん、戸村さん、田崎さん、今川さんに障りが出てたんも事実やな。せやから、お祓いは必要やったと思うで」

「俺の祓いで、大丈夫かな」

「自分のことを想うてる母親と兄やからこそ、彼女は憑けたわけや。それに母親の殺意が、彼女に力を与えていたな。もちろん彼女の念が、母親の犯行を助けてもいた。言わば相乗効果やな。その母親と兄がおらんようになって、お前が祓いをしたんなら、今いる人たちにまで力は及ばんやろう。それに近い将来、大学は月光荘を取り壊すみたいやから、まぁ心配せんでもええ」

かなり詳細な情報が、どうやら祖母のところには入っているらしい。それを裏づけるように、

「寮母さんは素直に、戸村さんの殺人と田崎さんの殺人未遂を認めてはるらしいで。息子さんのほうも、百怪倶楽部の人たちを脅したと供述してるそうや」

「そうか」

「ただなぁ……。それぞれが黒い女に扮《ふん》したときの証言の一部で、どうも辻褄《つじつま》が合わんらしいんや」

「どういうこと?」

「つまり二人とも関知してへんのに、黒い女が現れてるいう……」

「えっ……」

「息子さんは、今川さんの部屋を覗《のぞ》いた覚えはないそうや」

「だから、あれは母親のほうが――」

「黒い女を見て、今川さんは寮母さんに内線を入れたんやないのか。そして寮母さんは、その電話にすぐ出たんやろ」

その通りだった。彼女にはアリバイがあるのだ。かといって佳人が、このことだけに今さら嘘をつくとも思えない。

「それじゃ——」

「四隅の間を執り行なったせいで、才子さんの念を呼び起こしたんやな。儀式に必要な六人目として……」

「その念にまず兄の、それから母親の想いが呼応したのか」

「そういうことやな」

「本当に、もう大丈夫なのか」

「ああ、心配せんでええ」

「ならいいけど」

「お前もなかなか頑張ったやないか」

「祖母ちゃんのお蔭《かげ》だよ」

「いやいや」

「ありがとう」

「どういたしまして」

「じゃ、また連絡するから」

「俊一郎……」

「暑いからさ、身体に気をつけて……」

「俊一郎——」

「ちゃんと水分を補給してさ……」

「俊一郎！」

「何だよ？」

「事件が終わったら、調査料はすぐ払う——そう言うたな」

「そ、それは言ったけど、まだ終わったばっかりじゃないか」

「終わった事実に変わりはないやろ」

「だから、もう少し余韻を……」

「何の余韻や！　訳の分からんこと言うて、誤魔化そう思うても——」

「そんな、人聞きの悪い」

「ほんなら、払うもん払《はろ》うてもらいましょか」

「にゃー」

「こら！　僕を出すんやない！」

祖母と孫が電話を通して喧嘩《けんか》をする横で、もう一声だけ鳴くと僕は、そのままソファの上で気持ち良さそうに眠りはじめた。

この作品は角川ホラー文庫のために書下ろされました。

四隅《よすみ》の魔《ま》　死相学探偵《しそうがくたんてい》2
三津田信三《みつだしんぞう》

角川ホラー文庫　15639

平成21年3月25日　初版発行
令和7年7月5日　11版発行

発行者——山下直久
発　行——株式会社KADOKAWA
〒102-8177　東京都千代田区富士見2-13-3
電話 0570-002-301(ナビダイヤル)
印刷所——株式会社KADOKAWA
製本所——株式会社KADOKAWA
装幀者——田島照久

●お問い合わせ
https://www.kadokawa.co.jp/ (「お問い合わせ」へお進みください)
※内容によっては、お答えできない場合があります。
※サポートは日本国内のみとさせていただきます。
※Japanese text only

ISBN978-4-04-390202-6　C0193

角川文庫発刊に際して

角　川　源　義

第二次世界大戦の敗北は、軍事力の敗北であった以上に、私たちの若い文化力の敗退であった。私たちの文化が戦争に対して如何に無力であり、単なるあだ花に過ぎなかったかを、私たちは身を以て体験し痛感した。西洋近代文化の摂取にとって、明治以後八十年の歳月は決して短かすぎたとは言えない。にもかかわらず、近代文化の伝統を確立し、自由な批判と柔軟な良識に富む文化層として自らを形成することに私たちは失敗して来た。そしてこれは、各層への文化の普及滲透を任務とする出版人の責任でもあった。

一九四五年以来、私たちは再び振出しに戻り、第一歩から踏み出すことを余儀なくされた。これは大きな不幸ではあるが、反面、これまでの混沌・未熟・歪曲の中にあった我が国の文化に秩序と確たる基礎を齎らすためには絶好の機会でもある。角川書店は、このような祖国の文化的危機にあたり、微力をも顧みず再建の礎石たるべき抱負と決意とをもって出発したが、ここに創立以来の念願を果すべく角川文庫を発刊する。これまで刊行されたあらゆる全集叢書文庫類の長所と短所とを検討し、古今東西の不朽の典籍を、良心的編集のもとに、廉価に、そして書架にふさわしい美本として、多くのひとびとに提供しようとする。しかし私たちは徒らに百科全書的な知識のジレッタントを作ることを目的とせず、あくまで祖国の文化に秩序と再建への道を示し、この文庫を角川書店の栄ある事業として、今後永久に継続発展せしめ、学芸と教養との殿堂として大成せんことを期したい。多くの読書子の愛情ある忠言と支持とによって、この希望と抱負とを完遂せしめられんことを願う。

一九四九年五月三日

十三の呪

三津田信三

死相学探偵 1

死相学探偵シリーズ第１弾！

幼少の頃から、人間に取り憑いた不吉な死の影が視える弦矢俊一郎《つるやしゅんいちろう》。その能力を“売り”にして東京の神保町に構えた探偵事務所に、最初の依頼人がやってきた。アイドル顔負けの容姿をもつ紗綾香《さやか》。ＩＴ系の青年社長に見初められるも、式の直前に婚約者が急死。彼の実家では、次々と怪異現象も起きているという。神妙な面持ちで語る彼女の露出した肌に、俊一郎は不気味な何かが蠢くのを視ていた。死相学探偵シリーズ第１弾！

角川ホラー文庫

ISBN 978-4-04-390201-9

墓地を見おろす家

小池真理子

恐怖の真髄に迫るロングセラー

都心に近く新築、しかも格安という抜群の条件のマンションを手に入れ、移り住んだ哲平一家。緑に恵まれたその地は、広大な墓地に囲まれていたのだ。よぎる不安を裏付けるように次々に起きる不吉な出来事、引っ越していく住民たち。やがて、一家は最悪の事態に襲われる——。土地と人間についたレイが胎動する底しれぬ怖さを圧倒的な筆力で描き切った名作中の名作。モダンホラーの金字塔である。〈解説／三橋暁〉

角川ホラー文庫

ISBN 978-4-04-149411-0

クリムゾンの迷宮

貴志祐介

戦慄のゼロサム・ゲーム

藤木芳彦は、この世のものとは思えない異様な光景のなかで目覚めた。視界一面を、深紅色に濡れ光る奇岩の連なりが覆っている。ここはどこなんだ？　傍らに置かれた携帯用ゲーム機が、メッセージを映し出す。「火星の迷宮へようこそ。ゲームは開始された……」。それは、血で血を洗う凄惨なゼロサム・ゲームの始まりだった。綿密な取材と斬新な着想で、日本ホラー界の新たな地平を切り拓く傑作長編。

角川ホラー文庫

ISBN 978-4-04-197903-7